LE MASQUE
Collection de romans d'a...

TANT QUE BRILLERA LE JOUR

Agatha Christie

TANT QUE BRILLERA LE JOUR

*Nouvelle traduction de Michel Averlant
Pascal Aubin et Jean-Claude Dieuleveux*

LIBRAIRIE DES CHAMPS-ÉLYSÉES
17, rue Jacob, 75006 Paris

Titre de l'édition originale :

WHILE THE LIGHT LASTS
and other stories

Remerciements

Toute ma gratitude va à John Curran, Jared Cade, Karl Pike, auteur de *Agatha Christie : The Collector's Guide*, et Geoff Bradley, rédacteur en chef de *Crime and Detective Stories*.

T.M.

© AGATHA CHRISTIE LIMITED, 1997.
© ÉDITIONS DU MASQUE-HACHETTE LIVRE, 2000 pour la nouvelle traduction.
Tous droits de traduction, reproduction, adaptation, représentation réservés pour tous pays.

Préface

Agatha Christie, reine du crime et première en titre, règne toujours en souveraine comme le plus grand et le plus connu des auteurs de romans policiers classiques. Son roman le plus célèbre, et très probablement le plus célèbre de toute l'histoire du roman policier, reste Le Meurtre de Roger Ackroyd *(1926) avec lequel elle déchaîna la critique et se hissa du même coup au premier rang des écrivains du genre. L'enquête y était menée à bien par Hercule Poirot, ancien policier de la Sûreté belge qui devait apparaître dans 33 romans au nombre desquels il convient de citer* Le Crime de l'Orient-Express *(1930),* ABC contre Poirot *(1936),* Cinq petits cochons *(1942),* Les Indiscrétions d'Hercule Poirot *(1953),* Halloween Party *(1969) et* Hercule Poirot quitte la scène *(1975). Mais, parmi ses détectives, le préféré de Christie demeure sans conteste miss Jane Marple, vieille fille fort avancée en âge et dont la présence est à signaler dans 12 romans dont* L'Affaire Protheroe *(1930),* Un cadavre dans la bibliothèque *(1942),* Une poignée de seigle *(1953),* Le Major parlait trop *(1964) ainsi que dans sa suite* Nemesis *(1971), et finalement dans* La Dernière Énigme *(1976), qui, tout comme* Hercule Poirot quitte la scène, *avait été écrite durant les grands bombardements aériens sur Londres, quelque trente ans plus tôt. Et parmi les 21 romans où n'apparaissent aucun des limiers récurrents de Christie, on notera* Dix petits nègres *(1939), dans lequel il n'y a pas de détective du tout,* La Maison biscornue *(1949),* Témoin indésirable *(1959) et* La nuit qui ne finit pas *(1967).*

Au cours d'une carrière qui dura plus d'un demi-siècle, Christie écrivit 66 romans, une autobiographie, six « Mary Westmacott », le récit d'une de ses expéditions en Syrie, deux ouvrages de poésie, un autre de poèmes et d'histoires pour enfants, plus d'une douzaine de pièces policières pour la scène ou la radio et environ 150 nouvelles. Ce nouveau recueil réunit neuf récits qui, à deux exceptions près, n'ont pas été réédités depuis leur publication d'origine – il y a de cela soixante à soixante-dix ans dans certains cas. Poirot y apparaît dans deux histoires : « Le Mystère du bahut de Bagdad » et « Une aventure de Noël ». Ce sont, de la main de Christie, les brèves versions premières de deux longues nouvelles réunies dans le recueil Christmas Pudding *et autres surprises du chef (1960). « Le Point de non-retour » est un suspense psychologique et « La Comédienne » nous mène adroitement en bateau. L'énigmatique « En dedans d'une muraille » et « Le Dieu solitaire » sont des histoires romanesques datant des toutes premières années de la carrière de Christie, cependant qu'on note une touche de surnaturel dans « La Maison des rêves » et « Tant que brillera le jour ». Figure enfin parmi ces nouvelles « L'Or de Man », dont le concept et la forme, uniques en leur temps, ont été vulgarisés depuis lors dans le monde entier.*

Neuf nouvelles au total qui toutes témoignent du style inimitable d'Agatha Christie. Un véritable festin pour les connaisseurs !

TONY MEDAWAR
Londres
Décembre 1996

LA MAISON DES RÊVES

(*The House of Dreams*)

Voici l'histoire de John Segrave... de son existence, qui ne fut guère satisfaisante ; de ses amours, qui le laissèrent inassouvi ; de ses rêves, et de sa mort. Et, s'il trouva dans ces deux derniers domaines ce qui lui avait été dénié dans les deux autres, peut-être est-il après tout permis de considérer sa vie comme une réussite. Qui sait ?

John Segrave était issu d'une famille qui avait inexorablement descendu la pente au cours du siècle dernier. Gros propriétaires fonciers depuis le règne d'Élisabeth Ire, leur dernier bien au soleil était désormais vendu. Et l'on trouva soudain bon que l'un des fils, au moins apprenne, à maîtriser l'art, difficile entre tous, de faire de l'argent. Las ! inconscience ou ironie du destin, ce fut sur John que se porta le choix.

Avec sa bouche étrangement sensible et la longue fente d'un bleu profond de ses yeux bridés qui suggéraient l'elfe ou le faune, la créature sauvage venue des bois, il était incongru que ce soit lui qui doive être ainsi immolé sur l'autel de la Finance. L'odeur de la terre, le goût du sel marin sur ses lèvres et le ciel sans limites au-dessus de sa tête, voilà ce que chérissait pardessus tout John Segrave et à quoi il lui fallait dire adieu.

À dix-huit ans, il entra comme grouillot dans une grosse entreprise commerciale. Sept ans plus tard, et plus tellement en âge de demeurer grouillot, il fut promu aux écritures sans que son statut en soit pour autant modifié. La faculté de « faire carrière », ses géniteurs avaient omis de la lui prévoir. Il était ponctuel, travailleur, laborieux – le classique employé de bureau et rien que le classique employé de bureau.

Et pourtant il aurait pu être... quoi ? Incapable de répondre lui-même à la question, il ne parvenait cependant pas à se défaire de la conviction qu'existait quelque part une vie dans laquelle il aurait pu... compter. Il y avait en lui un pouvoir, une acuité de vision, un je-ne-sais-quoi dont ses camarades de travail n'avaient jamais soupçonné l'existence. Ils l'aimaient bien. Ses airs d'amicale insouciance le faisaient apprécier de chacun et nul ne se rendait compte que, par cette attitude même, il les excluait de toute véritable intimité.

Le rêve lui vint tout soudain. Et ce n'était pas une de ces fantaisies puériles telles qu'il peut en croître et se développer au fil des années. Il lui vint par une nuit d'été, ou plutôt par un beau matin, et il s'en éveilla tout frémissant encore, luttant pour le retenir alors qu'il lui filait entre les doigts comme seuls savent se dérober les rêves.

Désespérément, il s'y cramponna. Il ne fallait pas que ce rêve s'en aille... il ne fallait pas... Il fallait qu'il se rappelle la maison. C'était *la* Maison, bien sûr ! La Maison qu'il connaissait si bien. Était-ce une vraie maison ou ne l'avait-il jamais vue qu'en rêve ? Ça, il ne s'en souvenait pas... Mais ce qu'il y avait de sûr, c'est qu'il la connaissait... qu'il la connaissait très bien.

Les premières lueurs grisâtres de l'aube s'insinuèrent dans sa chambre. Le calme était extraordinaire. À 4 h 30 du matin, Londres, Londres encore ensommeillée, savourait un bref instant de paix.

John Segrave resta là sans bouger, baignant dans la joie, pétrifié d'émerveillement face à la divine beauté de son rêve. Comme il avait été bien avisé de s'en souvenir ! Les rêves s'esquivent d'ordinaire si rapidement et vous fuient au moment précis où, en même temps que s'éveille la conscience, vos doigts gourds tentent en vain de les emprisonner. Mais ce rêve-là, il était parvenu à le prendre de vitesse ! Il s'en était saisi au vol à l'instant même où il s'apprêtait à se désagréger.

C'était réellement le plus remarquable des rêves ! Il y avait la maison et... Le fil de ses pensées se rompit tout net, car à bien y réfléchir, il ne se rappelait plus rien hormis la maison. Et soudain, avec un rien de déception, force lui fut d'admettre que la maison lui était après tout rigoureusement étrangère. Il n'en avait même jamais rêvé auparavant.

C'était une maison blanche, bâtie sur une élévation de terrain. Des arbres la jouxtaient et on discernait des collines bleues dans le lointain, mais son charme à nul autre pareil était indépendant de son environnement car – et on touchait là à l'essentiel, au summum de ce rêve – c'était une très belle maison, une étrangement belle maison. Son pouls s'accéléra comme il se remémorait une fois encore l'étrange beauté de cette maison.

De sa façade, bien sûr, car il n'y était pas entré. Ça, il n'y avait pas de doute... pas la plus petite ombre d'un doute.

Ensuite, au fur et à mesure que se dessinaient avec le lever du jour les misérables contours de sa chambre à coucher-salon, il éprouva l'amer désenchantement du rêveur. Peut-être son rêve n'avait-il, après tout, pas été si merveilleux que cela... à moins que son côté merveilleux, sa part explicative, ne lui aient échappé, n'aient, en se gaussant de sa maladresse, filé entre ses doigts crispés ? Une maison blanche, bâtie sur une élévation de terrain... Est-ce qu'il y avait vraiment là de quoi se monter la tête ? C'était une maison assez grande, se rappelait-il, avec une quantité de fenêtres, et les stores étaient tous baissés, non parce que les gens s'étaient absentés – ça, il en était sûr –, mais parce qu'il était si tôt qu'ils n'étaient pas encore levés.

Puis il rit de l'absurdité de ses chimères et se souvint qu'il devait dîner chez Mr Wetterman ce soir-là.

Maisie Wetterman, fille unique de Rudolf Wetterman, avait été toute sa vie habituée à obtenir exactement ce qu'elle voulait. Passant un jour au bureau de son père, elle y avait remarqué John Segrave, entré pour apporter quelques lettres réclamées par son patron. Le jeune homme n'avait pas plus tôt tourné les talons qu'elle avait demandé des renseignements sur son compte. Wetterman ne s'était pas montré avare de détails :

— L'un des fils de sir Edward Segrave. Excellente vieille famille, mais dans la dèche la plus noire. Ce garçon ne cassera jamais trois pattes à un canard. Je l'aime bien, mais il n'a rien dans le ventre. Aucun dynamisme, pas le moindre allant.

Sans doute Maisie était-elle indifférente à l'allant et au dynamisme. C'étaient là des qualités célébrées par sa famille plus que par elle-même. Toujours est-il que quinze jours plus tard, elle persuada son père d'inviter John Segrave à dîner. Il s'agirait d'un dîner intime : son père et elle, John Segrave, plus une amie présentement hébergée.

L'amie en question ne put retenir un commentaire :

— C'est le test, j'imagine, Maisie ? Sous peu, papa l'emballera dans un joli papier cadeau et le rapportera à la maison pour le déposer aux pieds de sa fille bien-aimée, dûment acheté et payé rubis sur l'ongle.

— Allegra ! Tu seras toujours inénarrable !

Allegra Kerr éclata de rire :

— Toi et tes toquades, vous n'êtes pas mal non plus, Maisie. « J'adore ce chapeau... il me le faut ! » Si ça marche pour les chapeaux, pourquoi pas pour les maris ?

— Ne sois pas grotesque. Jusqu'ici, je lui ai à peine adressé la parole.

— D'accord. N'empêche que tu as quand même jeté ton dévolu sur lui. Qu'est-ce que tu lui trouves, Maisie ?

— Je ne sais pas, répondit lentement Maisie Wetterman. Il est... différent.

— Différent ?

— Oui. Je ne peux pas t'expliquer. Il est beau garçon, tu sais, à sa manière... mais ce n'est pas ça. Il a une façon de ne pas vous voir... Ma parole, je ne suis même pas sûre qu'il ait tourné les yeux vers moi, l'autre jour, dans le bureau de mon père.

Allegra se remit à rire :

— C'est un truc vieux comme le monde. M'est avis qu'il ne perd pas le nord, ce garçon.

— Allegra, je te déteste !

— Haut les cœurs, chérie. Papa va acheter un gentil nounours en peluche pour sa Maisiecounette chérie.

— Je ne veux pas que ça se passe comme ça.

— Tu préfères l'Amour avec un grand A, c'est ça ?

— Pourquoi ne tomberait-il pas amoureux de moi ?

— Aucune raison, je te l'accorde. Je parie d'ailleurs qu'il va le faire.

Allegra avait souri en disant cela. Souri et balayé son amie du regard. Maisie Wetterman était courtaude... encline aux rondeurs... elle avait le cheveu brun, coupé à la garçonne et artistement ondulé. Son teint, naturellement joli, était rehaussé par ce qui se faisait de plus nouveau dans les gammes de couleurs des bâtons de rouge et de la poudre de riz. Elle avait la bouche harmonieuse et les dents bien plantées, les yeux marron, assez petits mais qui pétillaient, et la mâchoire et le menton un peu lourds. Elle était, cela dit, admirablement habillée.

— Oui, décréta Allegra en conclusion de son examen. Je ne doute pas un instant qu'il le fasse. L'effet d'ensemble est réellement remarquable, Maisie.

Son amie la regarda d'un air dubitatif.

— Si, si, je te le dis comme je le pense, affirma Allegra. Je te le jure... parole d'honneur. Mais à supposer que... – oh ! rien que pour le plaisir d'argumenter –... à supposer qu'il n'y parvienne pas. À tomber amoureux, s'entend. Imagine que son inclination à venir soit sincère, mais platonique.

— Il se peut très bien qu'il ne me plaise plus du tout quand je le connaîtrai mieux.

— Très juste. D'un autre côté, il se peut aussi qu'il te plaise encore bien davantage. Et dans ce dernier cas...

Maisie haussa les épaules :

— Je me targue d'assez d'orgueil pour...

Allegra l'interrompit :

— L'orgueil donne un coup de main quand il s'agit de cacher ses sentiments... mais il ne les étouffe pas dans l'œuf.

— Oh ! et puis, après tout, je ne vois pas pourquoi je ne le formulerais pas, gronda Maisie, les joues en feu. Je *suis* un excellent parti. Je veux dire... de son point de vue à lui, fille à papa et tout.

— Partenariat en vue, *et cœtera*, acquiesça Allegra. Oui, Maisie. Tu es la fille à papa dans toute sa splendeur. Je suis aux anges. Je n'aime rien tant que voir mes amis se prendre pour ce qu'ils sont.

Son ton quelque peu moqueur mit l'autre mal à l'aise :

— Tu es odieuse, Allegra.

— Mais stimulante, chérie. C'est pourquoi tu m'offres l'hospitalité. J'étudie l'histoire, tu le sais, et je m'étais toujours interrogée sur l'existence des bouffons de cour et le fait qu'ils soient tolérés, voire encouragés. Maintenant que j'en suis un moi-même, j'ai pigé. C'est un assez joli rôle, tu vois. Il fallait bien que je fasse quelque chose. J'étais là, altière et sans un fifrelin, telle une héroïne de roman de gare, bien née et mal embouchée. « *Adoncques, que faire, ma fille ? Dieu sçait, respondit-elle.* » Le type de la parente pauvre, trop heureuse de se contenter d'une mansarde non chauffée, de petits boulots et de « venir en aide à la chère cousine Machinchose », j'ai remarqué que ça n'était que trop couru. Personne n'en veut plus... excepté les gens qui n'ont plus les moyens de payer leurs domestiques et qui vous traitent comme des galériens.

» Alors je suis devenue bouffon de cour. Franc-parler, insolence, un trait d'esprit de temps à autre – mais point trop n'en faut, de peur de ne pas pouvoir assurer longtemps –, et, derrière tout ça, un sens aigu de l'observation et une bonne connaissance de la nature humaine. Les gens ne détestent pas qu'on leur rappelle à quel point ils sont réellement ignobles. C'est pour ça qu'ils assiègent en foule les prédicateurs à la mode. Ç'a été un triomphe. Je croule sans cesse sous les invitations. Je peux vivre à loisir aux crochets de mes amis, et je prends bien garde de ne leur en montrer jamais la moindre gratitude.

— Il n'y en a pas deux comme toi, Allegra. Tu ne penses pas le moins du monde ce que tu dis.

— C'est là que tu te trompes. J'en pense chaque syllabe... Tout ce que je dis est soigneusement réfléchi. Mon apparente franchise bon enfant est en réalité calculée au millimètre. Je dois savoir me montrer prudente. Il faut que ce job me nourrisse jusqu'à l'ultime vieillesse.

— Pourquoi ne pas te marier ? J'ai perdu le compte des hommes qui avaient envie de t'épouser.

Le visage d'Allegra se durcit soudain :

— Je ne pourrai jamais me marier.

— Parce que...

Maisie laissa sa phrase en suspens et regarda son amie. Laquelle acquiesça d'un bref hochement de tête.

Des pas se firent entendre dans l'escalier. Le majordome ouvrit la porte et annonça :

— Mr Segrave.

John entra sans enthousiasme particulier. Il ne voyait pas pourquoi ce vieux birbe l'avait invité. S'il avait pu se tirer de ses pattes, il ne s'en serait pas privé. Avec sa lourde opulence et ses amoncellements de tapis moelleux, cette maison l'oppressait.

Une fille vint à sa rencontre et lui serra la

main. Il se rappela vaguement l'avoir entrevue un jour dans le bureau de son père.

— Comment allez-vous, Mr Segrave ? Mais que je vous présente : Mr Segrave... miss Kerr.

Là, il se réveilla. Qui était-elle ? D'où venait-elle ? Depuis les drapés couleur de flamme qui flottaient autour d'elle jusqu'aux minuscules ailes de Mercure qui couronnaient son petit visage au profil grec, c'était un être fugace et éphémère, qui se détachait sur le fond de grisaille ambiante avec une apparence d'irréalité.

Rudolph Wetterman entra, le large plastron amidonné de sa chemise distendue crissant à chacun de ses pas. Ils gagnèrent sans cérémonie la salle à manger.

Allegra Kerr parla à son hôte. John Segrave dut pour sa part se consacrer à Maisie. Et pourtant son esprit était tout entier capté par la fille placée du côté opposé. Son trait dominant ? Une présence étonnante mais qui, à son avis, devait moins à la nature qu'à un constant effort de volonté. Derrière tout cela se dissimulait cependant autre chose. Une flamme sautillante, capricieuse, changeante, comme celle de ces feux follets qui jadis entraînaient les hommes au plus profond des marécages.

Finalement l'occasion se présenta de lui parler. Maisie était en train de transmettre à son père le message d'une quelconque relation qu'elle avait rencontrée l'après-midi même. Mais maintenant que le moment était venu, il avait la gorge nouée. Ses yeux plaidèrent pour lui en silence.

— En route pour les propos de table ! annonça-t-elle aussitôt d'un ton léger. Nous jetterons-nous à l'eau en attaquant par le théâtre ou bien par une de ces innombrables entrées en matière commençant toutes par : « Aimez-vous... ? »

John éclata de rire :

— Et si nous découvrons que nous aimons tous deux les chiens et que nous détestons les chats roux, ce sera ce qu'il est convenu d'appeler un « point commun » entre nous ?

— Sans conteste possible, déclara gravement Allegra.

— Il est à mon avis dommage de commencer avec un catéchisme.

— Ça met pourtant l'art de la conversation à la portée de tous.

— Exact, mais avec des résultats désastreux.

— Il est utile de connaître les règles... ne serait-ce que pour mieux les enfreindre.

John lui sourit :

— J'en conclus que vous et moi allons ouvrir les vannes à nos divagations intimes. Même si, ce faisant, nous laissons entrevoir le génie qui frise la folie.

D'un mouvement brusque que la jeune fille ne put contrôler, sa main balaya un verre à vin qui tomba sur le sol. On entendit le tintement du cristal qui se brise. Maisie et son père s'arrêtèrent de parler.

— Je suis navrée, Mr Wetterman. Voilà que je me mets à jeter les verres par terre.

— Ma chère Allegra, cela n'a aucune importance, aucune espèce d'importance.

— Du verre brisé, balbutia John Segrave à voix basse. Ça porte malheur. J'aimerais que... que ça ne soit pas arrivé.

— Ne vous inquiétez pas. Comment est-ce, au juste ? « Le malheur tu ne peux apporter là où le malheur a déjà élu domicile. »

Sur quoi elle se tourna de nouveau vers Wetterman. Et John, tout en reprenant sa conversation avec Maisie, essaya de situer la citation. Il finit par y parvenir. Il s'agissait des mots de Sieglinde au premier acte de la *Walkyrie*, quand Sigmund se propose de quitter la maison.

« Voulait-elle dire par là que... ? » songea-t-il.

Cependant Maisie lui demandait son avis sur la dernière revue qui faisait courir le tout-Londres. Et force lui fut de confier qu'il adorait la musique.

— Après dîner, lui promit Maisie, nous demanderons à Allegra de se mettre au piano.

Ils gagnèrent tous ensemble le salon, ce que Wetterman considérait en secret comme une coutume barbare. Il aimait la pesante gravité du porto qui circule à la ronde et du cigare offert. Mais peut-être était-ce après tout aussi bien pour ce soir. Il ne voyait pas ce qu'il pourrait bien trouver à dire au jeune Segrave. Maisie exagérait, avec ses foucades. Ce n'est pas comme si ce garçon était beau – vraiment beau... – et, ce qu'il y avait de sûr, c'est qu'il n'était pas amusant. Maisie lui ôta un poids en demandant à Allegra Kerr de leur jouer quelque chose. Ça ferait passer la soirée plus vite. Ce jeune crétin ne s'intéressait même pas au bridge.

Sans toutefois posséder la sûreté de toucher d'un professionnel, Allegra jouait bien. Elle interpréta de la musique moderne, Debussy et Strauss, et un peu de Scriabine. Puis elle se jeta à corps perdu dans le premier mouvement de la *Pathétique* de Beethoven, cette manifestation de tristesse infinie, de douleur venue du fond des âges et qui jamais ne connaîtra l'apaisement mais au plus noir de laquelle lutte sans trêve l'esprit qui ne saurait accepter la défaite. Dans la solennité du malheur inéluctable, il marche en conquérant jusqu'à l'anéantissement final.

Vers la fin, elle se troubla, ses doigts martelèrent un accord dissonant et elle s'interrompit brusquement. Elle jeta alors un regard à Maisie et eut un petit rire de dérision.

— Tu vois, ironisa-t-elle. Ils ne me laisseront pas faire.

Puis, sans attendre de commentaire à cette remarque pour le moins énigmatique, elle se plongea dans une musique étrange et envoûtante, sorte de mélopée aux harmonies singulières et au rythme bizarrement syncopé qui ne ressemblait à rien de ce que Segrave avait entendu jusque-là. C'était délicat comme le vol d'un oiseau, hors du monde, aérien... Et puis soudain, sans crier gare, la phrase musicale se mua en un déluge de notes discordantes à l'issue desquelles Allegra se leva du piano en riant.

En dépit de son rire, elle semblait néanmoins troublée, presque effrayée. Elle vint s'asseoir à côté de Maisie, et John entendit cette dernière lui dire à voix basse :

— Tu n'aurais pas dû faire ça. Tu n'aurais vraiment pas dû le faire.

— C'était quoi, le dernier morceau ? voulut à tout prix savoir John.

— Une composition de mon cru.

Elle l'avait dit d'un ton sec, cassant. Wetterman fit dévier le cours de la conversation.

Cette nuit-là et pour la seconde fois, John Segrave rêva de la Maison.

John était malheureux. Son existence lui pesait comme jamais par le passé. Il l'avait jusqu'à présent acceptée avec égalité d'humeur – c'était une contrainte déplaisante mais qui laissait somme toute intacte sa liberté intérieure. Seulement, maintenant, tout cela était changé. Univers extérieur et intérieur s'interpénétraient.

La raison de ce bouleversement, il ne se la dissimulait pas. Il était tombé amoureux d'Allegra Kerr au premier regard. Comment allait-il gérer ça ?

Il en avait été trop abasourdi, ce premier soir, pour échafauder le moindre plan. Il n'avait même rien tenté pour la revoir. À quelque temps de là, quand Maisie Wetterman l'avait invité à venir passer le week-end dans la propriété de son père, à la campagne, il s'y était rendu en courant presque. Mais il avait été déçu : Allegra n'était pas là.

Il la mentionna une fois, pour voir, en présence de Maisie, et elle lui dit qu'elle était allée rendre visite à quelqu'un en Écosse. Il en resta là. Il aurait aimé continuer à parler d'elle, mais les mots semblaient coincés au fond de sa gorge.

Maisie se posa des questions sur son compte, ce week-end-là. Il ne semblait pas remarquer... eh bien... ce qui était si manifestement là pour l'être. Or, c'était une jeune femme directe dans ses manœuvres d'approche, mais, avec John, elle en fut pour ses frais. Il la trouvait gentille comme tout, mais un peu envahissante.

Cependant les Parques étaient d'une autre pointure que Maisie. Elles décrétèrent que John devait revoir Allegra.

Ils se rencontrèrent dans le parc, un beau dimanche après-midi. Il l'avait aperçue de loin, et son cœur avait aussitôt cogné dans sa poitrine. Si jamais elle ne se souvenait pas de lui...

Mais elle ne l'avait pas oublié. Elle s'arrêta. Et lui parla. Et, quelques minutes plus tard, ils marchaient côte à côte, coupant à travers les pelouses. Il était ridiculement heureux.

Soudain il l'interrogea de but en blanc :
— Vous croyez aux rêves ?
— Je crois aux cauchemars.
L'âpreté de sa voix le fit tressaillir.
— Aux cauchemars, répéta-t-il, hébété. Je ne vous parlais pas de cauchemars.
Allegra le dévisagea.
— Non, dit-elle. Il n'y a jamais eu de cauchemars dans votre existence. Ça saute aux yeux.
Sa voix soudain s'était faite douce... différente.
Balbutiant un peu, il lui raconta alors son rêve et la maison blanche. Il l'avait maintenant fait six... non, sept fois. Toujours le même. Il était si beau... il était tellement beau !
— Voyez-vous, poursuivit-il, il a à voir... d'une certaine façon, il a à voir avec *vous*. Je l'ai fait pour la première fois la veille du jour où nous avons été présentés.
— À voir avec moi ? (Elle partit d'un petit rire – un rire bref et amer :) Oh ! non, c'est impossible. La maison était très belle.
— Vous l'êtes vous aussi, murmura John Segrave.
Gênée, Allegra rougit un peu :
— Je suis désolée... je me suis montrée stupide. J'ai dû vous paraître aller à la pêche aux compliments, n'est-ce pas ? Mais ce n'était pas le moins du monde ce que j'avais en tête. Vue de l'extérieur, je ne suis pas mal du tout, ça j'en suis bien consciente.
— Je n'ai pas encore été à l'intérieur de la maison, dit John Segrave. Mais je sais que, quand je le ferai, ce sera aussi merveilleusement beau qu'à l'extérieur.
Il s'exprimait avec lenteur et d'un ton grave, donnant aux mots un sens qu'elle choisit d'ignorer.

— Il y a quelque chose de plus que je veux vous dire... si vous me promettez d'écouter.

— Je vous écouterai, promit Allegra.

— Je plaque mon job actuel. J'aurais dû le faire depuis longtemps... je m'en rends maintenant bien compte. Je me suis jusqu'ici contenté de me laisser vivre à la petite semaine, conscient d'être un raté et m'en souciant comme d'une guigne. Un homme ne devrait pas faire ça. Le devoir d'un homme, c'est de s'accomplir. Je laisse tomber ce que je fais, et je me lance dans une tout autre entreprise, quelque chose de totalement différent. Il s'agit d'une sorte d'expédition en Afrique occidentale... je ne peux pas vous donner les détails, ils ne doivent pas être divulgués. Mais si ça marche... eh bien, je serai un homme riche.

— Alors, vous aussi, vous mesurez le succès en termes d'argent ?

— L'argent, dit John Segrave, ne signifie pour moi qu'une chose... *vous* ! Quand je reviendrai...

Il s'interrompit.

Elle baissa la tête. Son visage était devenu très pâle :

— Je n'ai pas l'intention de prétendre avoir mal compris. Voilà pourquoi je me dois de vous déclarer maintenant, et une fois pour toutes : *Je ne me marierai jamais*.

Il resta un petit moment à retourner cette réponse dans sa tête, puis il l'interrogea avec une infinie douceur :

— Ne pouvez-vous pas me dire pourquoi ?

— Je le pourrais, mais plus que n'importe quoi au monde je me refuse à le faire.

Encore une fois il demeura un instant silencieux, puis il releva les yeux et un sourire étrangement séduisant illumina son visage de faune :

— Je vois. Ainsi vous ne me laisserez pas

pénétrer dans la Maison... même pas une seconde, le temps d'y risquer un coup d'œil ? Les stores vont rester baissés.

Allegra se pencha vers lui et posa la main sur la sienne :

— Je vais vous confier encore ceci. Vous en rêvez, de votre Maison. Mais moi, je... je ne rêve pas. Mes rêves sont des cauchemars !

Sur quoi elle le quitta avec brusquerie, le laissant profondément troublé.

Cette nuit-là, une fois de plus, il rêva. Il s'était depuis peu rendu compte que la Maison était habitée. Il avait vu une main écarter les rideaux, aperçu des silhouettes se mouvant à l'intérieur.

Ce soir, la Maison lui semblait plus belle qu'elle ne l'avait jamais été. Ses murs blancs brillaient dans le soleil. L'endroit respirait la beauté et la paix.

Et puis, tout à coup, parmi les vagues de joie qui l'assaillaient, il en sentit naître une plus forte encore. Quelqu'un venait à la fenêtre. Il le savait. Une main, la même qu'il connaissait déjà, relevait le store, écartait le rideau. Dans une seconde, il verrait...

Il était réveillé... encore tremblant d'horreur et d'inexprimable dégoût au souvenir de la *Chose* qui l'avait défié du regard depuis la fenêtre de la Maison.

C'était une Chose abominable jusqu'au tréfonds, une Chose si ignoble et répugnante que le seul fait d'y penser lui faisait monter le cœur au bord des lèvres. Et il se rendait bien compte que le plus inexprimablement, le plus intégralement abominable de la Chose tenait à sa présence dans cette Maison-là... dans la Maison de Beauté.

Car où cette Chose élisait domicile naissait bientôt l'horreur... l'horreur croissante qui assassinait la béatitude et la paix, double apanage de la Maison. La beauté, la merveilleuse beauté immortelle de la Maison était à jamais détruite, car entre ses murs bénits et sanctifiés l'ombre d'une Chose immonde se tenait là, tapie !

S'il advenait encore à Segrave de rêver de la Maison, il savait qu'il se réveillerait aussitôt dans un sursaut de terreur à la simple idée que, depuis toute la blancheur et toute la beauté au cœur de laquelle elle se dissimulait, cette Chose pourrait revenir soudain le défier du regard.

Le lendemain matin, quand il quitta son bureau, il se rendit tout droit chez les Wetterman. Il fallait qu'il voie Allegra Kerr. Maisie lui dirait où la trouver.

Pas un instant il ne s'avisa de l'ardente lueur qui étincela dans les yeux de Maisie ni de l'empressement avec lequel elle sauta sur ses pieds pour l'accueillir quand il fut introduit. La main de la jeune femme encore dans la sienne, il débita aussitôt sa requête d'une voix heurtée :

— Miss Kerr. Je l'ai rencontrée hier, mais je ne sais pas où elle habite.

Il ne remarqua pas que la main de Maisie était soudain devenue molle au creux de la sienne avant qu'elle ne la lui retire. Et la brusque froideur de sa voix ne lui apprit rien non plus.

— Allegra est ici... elle habite chez nous. Cependant je crains bien que vous ne puissiez lui parler.

— Mais...

— Voyez-vous, sa mère est morte ce matin. La nouvelle vient de nous parvenir.

— Oh ! s'exclama-t-il, désarçonné.

— C'est très triste, commenta Maisie avant d'hésiter une seconde puis de se décider à poursuivre. Voyez-vous, elle est morte dans... eh bien, pratiquement dans un asile. On ne compte plus les cas de folie, dans sa famille. Le grand-père s'est tiré une balle dans la tête, l'une des tantes d'Allegra est débile profonde, et une autre s'est jetée à l'eau.

John Segrave poussa un gémissement.

— Je me suis sentie obligée de vous mettre au courant, se défendit vertueusement Maisie. Nous sommes si grands amis, n'est-ce pas ? Et bien sûr Allegra est la séduction même. Des tas de gens ont déjà demandé sa main, mais il va de soi qu'elle ne se mariera jamais. De vous à moi, comment le pourrait-elle ?

— Elle n'a aucun problème, balbutia Segrave. Il n'y a rien qui cloche chez *elle*.

Sa voix lui parut à lui-même rauque et artificielle.

— On ne peut jamais savoir. Sa mère avait toute sa tête quand elle était jeune. Mais plus tard elle n'était pas devenue simplement... bizarre. Elle était folle à lier. C'est une chose épouvantable, la folie.

— Oui, acquiesça-t-il, c'est une Chose particulièrement abominable.

Il savait maintenant ce qui avait jeté les yeux sur lui depuis la fenêtre de la Maison.

Maisie continuait à parler. Il l'interrompit brusquement :

— En fait, si je suis venu, c'est pour vous dire au revoir... et pour vous remercier de toutes vos gentillesses.

— Vous n'avez pas l'intention de... de partir ?

L'inquiétude perçait dans sa voix.

Il lui sourit en coin – un pauvre petit sourire grimaçant, pathétique et irrésistible.

— Si, confirma-t-il. Pour l'Afrique.

— L'Afrique !

Hébétée, Maisie avait répété le mot en écho.

Avant qu'elle n'ait pu se ressaisir, il lui avait déjà serré la main et était reparti. Et elle était restée là, les ongles enfoncés dans les paumes, les joues empourprées de fureur.

En bas, sur le seuil, John Segrave se trouva nez à nez avec Allegra qui rentrait chez les Wetterman. En noir de la tête aux pieds, elle avait le visage blafard et la mine défaite. Après un bref coup d'œil scrutateur, elle l'entraîna dans un petit salon du rez-de-chaussée.

— Maisie vous l'a dit, décréta-t-elle. Vous *savez* ?

Il hocha la tête. Puis :

— Mais qu'est-ce que ça peut faire ? *Vous*, vous n'êtes pas atteinte. Certains... certains sont épargnés.

Elle le regarda sombrement, désespérément.

— Vous n'avez *aucun* problème, répéta-t-il.

— Je ne sais pas, chuchota-t-elle presque. Je ne sais pas. Je vous ai dit... au sujet de mes rêves. Et puis quand je joue... quand je suis au piano... *ceux-là* viennent prendre possession de mes mains.

Il la regardait... pétrifié. L'espace d'un instant, tandis qu'elle parlait, *quelque chose* s'était servi de ses yeux pour le regarder. Ça avait disparu en un éclair... mais il l'avait néanmoins reconnu. C'était la Chose qui l'avait regardé depuis la Maison.

Elle surprit son mouvement de recul.

— Vous voyez bien, murmura-t-elle. Vous voyez bien... Mais j'aurais préféré que Maisie ne vous dise rien. Cela va tout vous enlever.

— Tout ?

— Oui. Il ne vous restera même pas les rêves. Parce que maintenant... vous n'oserez jamais plus rêver à la Maison.

Le brûlant soleil d'Afrique occidentale écrasait la terre de ses rayons et la chaleur était accablante.

— Je n'arrive pas à la retrouver. Je n'arrive pas à la retrouver.

John Segrave n'en finissait pas de gémir.

Le petit médecin anglais à la tignasse rousse et au formidable menton intima à son patient l'ordre de se taire sur le ton comminatoire dont il s'était fait une spécialité.

— Il passe son temps à répéter ça. Qu'est-ce que ça signifie ?

— Je crois, docteur, qu'il parle d'une maison.

La sœur de charité de la Mission catholique romaine, elle aussi penchée sur l'homme en proie au délire, avait parlé de sa voix menue et avec le détachement nuancé de douceur propre à son état.

— Une maison, hein ? Bon, eh bien, il faut qu'il se sorte ça de la tête, sans quoi nous ne le tirerons jamais de là. C'est une obsession. Segrave ! Segrave !

L'attention, qui jusque-là divaguait, se fixa. Les yeux se posèrent sur le visage du médecin qu'ils avaient reconnu.

— Écoutez-moi, vous allez vous en tirer. Je vais faire en sorte que vous vous en tiriez. Mais il faut que vous cessiez de vous faire de la bile à propos de cette maison. Elle ne va pas s'en aller en courant, ça je vous en fiche mon billet. Alors ne vous cassez pas la tête, pour le moment, à essayer de la chercher.

— D'accord. (Le malade semblait prêt à coopérer :) J'imagine qu'elle ne peut guère se carapater si elle n'a jamais été là du tout.

— Et comment ! s'exclama le médecin avant d'éclater d'un bon gros rire. Maintenant, vous allez être sur pied en moins de deux.

Et, sur un dernier éclat de bonhomie encombrante et bougonne, il se retira.

Étendu sur sa couche, Segrave se reprit à réfléchir. La fièvre étant pour l'instant tombée, il était à même de penser avec clarté et lucidité. Il *fallait* qu'il retrouve cette Maison.

Pendant dix ans, il avait paniqué à l'idée de la retrouver, et la seule perspective de tomber éventuellement dessus par hasard le plongeait dans des abîmes de terreur. Et puis, il s'en souvenait, quand ses peurs s'étaient pour ainsi dire endormies, c'était *elle* qui un beau jour était venue le retrouver, *lui*. Il se rappelait dans le moindre détail les affres de ses épouvantes premières, et puis son brusque, son éblouissant soulagement. Car, à la fin des fins, la Maison était vide !

Complètement vide et divinement paisible. Tout était tel qu'il se le remémorait, dix ans auparavant. Il n'avait pas oublié. Un énorme et noir fourgon de déménagement s'éloignait lentement de la Maison : le dernier locataire, bien sûr, qui s'en allait avec ses meubles. Il s'en fut parler aux responsables du fourgon. Il avait quelque chose d'assez sinistre, ce fourgon, il était si noir... Les chevaux eux aussi étaient noirs à tous crins, et les hommes uniformément habillés et gantés de noir. Tout cela évoquait pour lui autre chose, quelque chose qu'il ne parvenait pas à se remémorer.

Non, il ne s'était pas trompé. Le dernier locataire quittait les lieux, son bail échu. La Maison allait dorénavant rester vide, jusqu'à ce que son propriétaire revienne de l'étranger.

Au réveil, il baignait encore dans l'atmosphère d'absolues quiétude et beauté de la Maison vide.

Un mois après cet épisode, il avait reçu une

lettre de Maisie (elle lui écrivait avec persévérance, une fois par mois). Elle lui disait qu'Allegra Kerr était morte dans la même maison de santé que sa mère, et n'était-ce pas abominablement triste ? Encore que, bien évidemment, ce soit aussi un immense soulagement.

Ç'avait réellement été on ne peut plus étrange. Que ça vienne après un rêve comme ça. Il n'y comprenait pas vraiment grand-chose. N'empêche que c'était bizarre.

Mais le pire de tout c'est qu'il n'avait plus jamais été capable de retrouver la Maison depuis lors. Dieu sait comment, il en avait oublié le chemin.

Plus haut, plus haut, encore plus haut... Oh ! il avait glissé ! Il fallait qu'il reprenne tout depuis le bas de la pente. Plus haut, plus haut, encore plus haut... les jours passaient et les semaines... il n'était même pas très sûr que les années ne passaient pas ! Et il grimpait toujours.

Une fois, il entendit la voix du médecin. Mais il ne pouvait pas s'arrêter de grimper, histoire de tendre l'oreille. De surcroît, le médecin lui dirait de cesser de chercher la Maison. Il s'imaginait, *lui*, qu'il s'agissait d'une maison ordinaire. Il était loin du compte.

Il se rappela tout soudain qu'il devait faire preuve de calme, de beaucoup de calme. On ne pouvait pas trouver la Maison à moins de se montrer calme. Ça ne servait à rien de chercher la Maison à la hâte, ou dans cet état de surexcitation.

Si seulement il pouvait rester calme ! Mais il faisait si chaud ! Chaud ? C'était *froid* qu'il faisait – oui, froid. Ce n'était pas des falaises, c'était des icebergs... des icebergs glacés aux arêtes acérées.

Il était si fatigué. À quoi bon continuer à chercher alors que ça ne servait à rien. Tiens ! il y avait un sentier... pas de doute, c'était toujours mieux que les icebergs. Comme l'ombre était plaisante dans ce frais sentier noyé dans la verdure. Et ces arbres... ils étaient somptueux ! Ils ressemblaient assez à... à quoi ? Il n'arrivait pas à se le rappeler, mais ça n'avait aucune importance.

Ah ! et puis il y avait des fleurs. Jaune d'or et bleues ! Comme tout cela était donc ravissant... et en outre étrangement familier. Bien évidemment, il était déjà venu ici. Et là, au travers des arbres, brillait la lueur de la Maison, bâtie sur une élévation de terrain.

Comme elle était belle ! Le sentier noyé dans la verdure, et tous les arbres, et toutes les fleurs ne pouvaient prétendre rivaliser avec la suprême, l'infiniment éblouissante beauté de la Maison.

Il pressa le pas. Dire qu'il n'était encore jamais allé à l'intérieur ! Quelle invraisemblable stupidité de sa part... alors qu'il avait toujours eu la clé dans sa poche !

Or, cela allait de soi, la beauté de l'extérieur n'était rien comparée à celle qui reposait à l'intérieur... surtout maintenant que le propriétaire était revenu de l'étranger. Il monta les marches qui menaient à la grand-porte.

Des mains cruelles le tiraient violemment en arrière ! De toute leur force elles luttaient contre lui, l'envoyaient bouler de droite et de gauche, le précipitaient dans un mouvement de recul avant de le rejeter en avant.

Le médecin s'acharnait à le secouer, à lui hurler aux oreilles :

— Tenez bon, mon vieux, vous le pouvez ! Ne lâchez pas prise ! Ne vous laissez pas aller !

Dans ses yeux étincelait la lueur farouche de qui veut terrasser l'ennemi. Segrave se demanda qui pouvait bien être cet ennemi. La nonne vêtue de noir priait. Ça aussi, c'était étrange.

Mais lui, tout ce qu'il voulait, c'était qu'on le laisse tranquille. C'était retourner à la Maison. Car de minute en minute la Maison s'estompait.

Ça, bien sûr, c'était parce que le médecin était si fort. Lui, il n'était pas de taille à lutter. Dieu sait qu'il aurait aimé pouvoir le faire.

Mais stop ! Il y avait un autre moyen... la façon dont les rêves s'esquivent à l'instant du réveil. Nulle force au monde n'est capable de les retenir, *eux*... ils vous filent tout bonnement entre les doigts. Les mains du médecin ne seraient pas capables de le retenir s'il se dérobait... s'il se contentait de se dissoudre et de disparaître !

Oui, c'était ça, le moyen ! Les murs blancs redevinrent visibles tandis que la voix du médecin s'estompait et que le contact de ses mains se faisait quasi imperceptible. Il découvrait à présent combien peuvent rire les rêves quand ils se désagrègent entre vos doigts !

Il se dressait face à la porte de la Maison. L'exquise quiétude était intacte. Il mit la clé dans la serrure et la tourna.

L'espace d'un instant il suspendit son geste, afin de mieux goûter la parfaite, l'ineffable, l'infiniment éblouissante plénitude de sa joie.

Puis... il franchit le seuil.

Traduit de l'anglais par Michel Averlant

Postface

 « *La Maison des rêves* » *fut publiée pour la première fois dans le* Sovereign Magazine *en janvier 1926. Il s'agissait de la seconde mouture de* « *The House of Beauty* », *que Christie avait écrite quelque temps avant la Première Guerre mondiale et qu'elle cite dans son* Autobiographie *comme étant* « *à tout prendre, le premier de mes écrits qui ait jamais montré quelques signes prometteurs* ». *Alors que sa version originale était obscure et son atmosphère morbide à l'excès,* « *La Maison des rêves* » *soutient la comparaison avec les sombres histoires de fantômes de l'époque edwardienne, et en particulier avec celles d'E. F. Benson. Elle est beaucoup plus claire et moins introspective que l'original, que Christie révisa en profondeur pour la publication : afin de développer les personnages des deux femmes, elle atténua le caractère éthéré d'Allegra et étoffa le rôle de Maisie. Un thème similaire est exploité dans une autre nouvelle de ses débuts,* « *Dans un battement d'ailes* », *regroupée avec sept autres contes fantastiques dans le recueil intitulé* Le Flambeau (*1933*).

En 1938, se remémorant « *The House of Beauty* », *Christie admit que, même si elle avait*

« trouvé plaisant le fait de l'imaginer mais en revanche sa rédaction fastidieuse à l'extrême », la graine avait été semée à ce moment-là. Et elle eut ce commentaire : *« Ce passe-temps se mit de plus en plus à me plaire. Quand j'avais devant moi une journée sans but précis – ou pas grand-chose à faire –, j'imaginais une histoire. Toutes avaient immanquablement une fin triste et il leur arrivait d'exprimer des sentiments d'une vertigineuse élévation morale. »* Elle devait bénéficier, au cours de ces premières années, d'un stimulant important en la personne d'un voisin de Dartmoor, Eden Phillpotts, romancier célèbre et ami proche de la famille, qui conseilla Agatha Miller – comme elle s'appelait à l'époque – sur ses nouvelles et lui recommanda des écrivains dont le style et le vocabulaire seraient susceptibles de lui fournir un surcroît d'inspiration. Plus tard, alors que sa propre renommée avait depuis longtemps éclipsé celle de son mentor, Christie évoqua le tact avec lequel Phillpotts lui avait apporté le soutien si nécessaire à la mise en confiance d'un jeune écrivain : *« Je m'émerveille de la compréhension avec laquelle il ne me dispensait que des encouragements et s'abstenait de toute critique. »* À la mort de Phillpotts en 1960, elle écrivit : *« Pour sa gentillesse envers moi lorsque j'étais une jeune fille débutant à peine dans l'écriture, jamais je ne pourrai me montrer assez reconnaissante. »*

LA COMÉDIENNE

(*The Actress*)

L'individu au complet-veston râpé assis au quatrième rang de l'orchestre se pencha et, plissant furtivement ses yeux fuyants, fixa la scène avec incrédulité.

« Nancy Taylor, murmura-t-il. Bon Dieu de bois, c'est la petite Nancy Taylor ! »

Son regard se posa sur le programme qu'il tenait à la main. Un nom y était imprimé en caractères légèrement plus gros que les autres.

« Olga Stormer ! C'est comme ça qu'elle se fait appeler. Alors on se prend pour une star, ma poulette ? Et en plus, ça doit te rapporter un beau petit magot. Je parie que tu as oublié que tu t'es un jour appelée Nancy Taylor. Tiens, je me demande bien ce que tu dirais si Jake Levitt venait te rafraîchir la mémoire... »

Le rideau tomba sur la fin du premier acte. La salle résonna de chaleureux applaudissements. Olga Stormer, la grande, la bouleversante comédienne, dont le nom, en si peu d'années, était devenu si célèbre, venait d'ajouter un nouveau triomphe à la liste de ses succès dans le rôle de Cora, dans *L'Ange exterminateur*.

Jake Levitt ne se joignit pas aux applaudissements. Seul un lent sourire de connaisseur distendit sa bouche. Fichtre ! Ça, pour un coup de veine ! Et juste au moment où il commençait à toucher le fond, qui plus est ! Elle essaierait sans doute de bluffer, mais il n'était pas du

39

genre à qui on peut la faire. Pour peu qu'il s'y prenne avec doigté, il y avait là une vraie mine d'or !

Le lendemain matin, les premiers résultats du travail de Jake Levitt commencèrent à se faire sentir. Dans son salon décoré de laque rouge et de tentures noires, Olga Stormer lisait et relisait une lettre d'un air pensif. Son visage au teint pâle et aux traits délicatement mobiles était un petit peu moins serein que d'habitude et, de temps en temps, les yeux gris-vert sous les sourcils bien droits se fixaient sur un point de l'espace devant eux comme si elle envisageait, plutôt que les mots mêmes de la lettre, la menace qui se cachait derrière eux.

De sa voix merveilleuse qui pouvait aussi bien palpiter d'émotion que trancher avec la précision d'une lame, Olga appela : « Miss Jones ! » Une jeune femme élégante, lunettes sur le nez, un bloc de papier et un crayon à la main, fit rapidement son apparition.

— Téléphonez à Mr Danahan, et dites-lui de venir tout de suite.

Syd Danahan, l'imprésario d'Olga Stormer, pénétra dans le salon avec l'appréhension habituelle de l'homme dont la vie consiste à régler les problèmes que posent les caprices d'une grande artiste. Et son lot quotidien était de la cajoler, de l'apaiser, de la rudoyer alternativement ou tout à la fois. À son grand soulagement, elle lui apparut calme et sereine, et se contenta de lui passer un papier par-dessus la table :

— Lisez ça.

La lettre était griffonnée d'une écriture malhabile, sur du papier bon marché.

Chère madame,

J'ai beaucoup apprécié hier soir votre interprétation dans L'Ange exterminateur. *Il me semble que nous avons une amie commune en la personne de Nancy Taylor, qui habitait autrefois Chicago. Un article la concernant doit bientôt paraître dans la presse. Si vous désirez en discuter avec moi, je pourrai vous rendre visite à l'heure qui vous conviendra.*

Respectueusement vôtre,

Jake Levitt

Danahan parut quelque peu décontenancé :
— Je ne comprends pas. Qui est cette Nancy Taylor ?
— Une fille que je préférerais savoir morte, Danny.
Il y avait de l'amertume dans sa voix, et une lassitude qui trahissait ses trente-quatre ans :
— Une fille qui était morte jusqu'à ce que ce charognard la ressuscite.
— Oh ! vous voulez dire que...
— Oui, Danny, c'est moi.
— Du chantage, alors ?
Elle acquiesça :
— Bien sûr. Et le maître chanteur connaît son affaire.
Sourcils froncés, Danahan se mit à réfléchir cependant qu'Olga, la joue reposant dans le creux de sa main longue et fine, l'observait de son regard insondable.
— Il n'y a qu'à bluffer. Nier. Il n'a aucune certitude. Il pourrait très bien avoir été trompé par une ressemblance fortuite.
Elle secoua la tête :

41

— Faire chanter les femmes est son gagne-pain. Il est sûr de son coup.

— Prévenir la police ? suggéra Danahan d'un ton dubitatif.

Un sourire moqueur suffit à lui répondre.

Bien qu'il ne puisse la distinguer sous le sang-froid dont elle faisait preuve, l'impatience habitait la comédienne, l'impatience qu'une vive intelligence éprouve à observer un cerveau plus lent à parcourir le terrain qu'elle-même a exploré en un éclair.

— Vous ne pensez pas que... qu'il serait sage de votre part de... d'en parler vous-même à sir Richard ? Cela contribuerait à déjouer ses plans.

Les fiançailles de la comédienne avec sir Richard, membre éminent du Parlement, avaient été annoncées quelques semaines auparavant.

— J'ai tout raconté à Richard quand il m'a demandé de l'épouser.

— Eh bien, voilà qui était habile de votre part ! dit Danahan, admiratif.

Olga eut un léger sourire :

— Ce n'était pas de l'habileté, mon petit Danny. Vous ne pourriez pas comprendre. Mais, de toute façon, si ce Levitt met sa menace à exécution, mon compte est bon, et par la même occasion, c'en est fini de la carrière parlementaire de Richard. Non, à mon avis, il n'y a que deux solutions envisageables.

— Lesquelles ?

— Payer, ce qui, bien sûr, n'aura jamais de fin. Ou alors, disparaître et tout recommencer à zéro. (Sa voix, de nouveau, laissait paraître sa lassitude :) Si encore j'avais commis un acte que je puisse regretter. J'étais à l'époque une pauvre gosse des rues mourant à moitié de faim et qui s'efforçait de rester dans le droit chemin. J'ai tué un homme, une brute qui le méritait. Les circonstances dans lesquelles je l'ai tué étaient telles qu'aucun jury au monde ne m'aurait condamnée. Aujourd'hui, je le sais, mais en ce temps-là, je n'étais qu'une gamine terrorisée... et je... j'ai fichu le camp.

Danahan hocha la tête.

— J'imagine, dit-il d'un ton dubitatif, qu'il n'est rien qu'on puisse trouver contre ce Levitt...

Olga en convint :

— C'est très peu probable, en effet. Il est bien trop lâche pour s'être jamais mouillé dans une affaire vraiment sale... (L'écho de ses propres paroles sembla la surprendre :) Un lâche ! Je me demande si nous ne pourrions pas en profiter d'une façon quelconque.

— Et si sir Richard avait une entrevue avec lui et parvenait à lui flanquer la frousse... suggéra Danahan.

— Richard serait un intermédiaire bien trop raffiné. Ce genre d'individu ne se manipule pas avec des gants.

— Alors, laissez-moi le rencontrer.

— Pardonnez-moi, Danny, mais je ne crois pas que vous soyez assez subtil. Ce qu'il faut, c'est un moyen terme entre les gants et les poings nus. Disons des mitaines ! C'est-à-dire une femme ! Oui, je crois qu'une femme ferait l'affaire. Une femme dotée d'une certaine finesse, mais qui connaisse par expérience les côtés sordides de l'existence. Olga Stormer, par exemple ! Taisez-vous, il me vient une idée...

Elle se pencha, enfouissant son visage dans ses mains, puis se redressa brusquement :

— Comment s'appelle cette fille qui se voudrait ma doublure ? Margaret Ryan, non ? Celle qui a des cheveux qui ressemblent aux miens.

— Pour ce qui est des cheveux, ça pourrait aller, admit Danahan avec réticence en contemplant la masse d'ondulations d'un bronze doré entourant le visage d'Olga. Mais le reste ne colle pas du tout. Je m'apprêtais à la renvoyer la semaine prochaine.

— Si tout va bien, vous serez probablement obligé de l'engager comme doublure pour le rôle de Cora. (Elle étouffa ses protestations d'un geste :) Danny, répondez honnêtement à la question que je vais vous poser. Croyez-vous que je sache jouer ? Réellement *jouer*, j'entends. Ou bien ne suis-je qu'une femme séduisante qui se pavane sur scène dans de jolies toilettes ?

— Jouer ? Seigneur ! Olga, il n'y a eu personne d'autre que vous depuis la Duse !

— Alors, si Levitt est vraiment un lâche comme je le soupçonne, mon plan réussira. Non, je ne vous en parlerai pas. Je veux que vous me trouviez cette Margaret Ryan. Dites-lui qu'elle m'intéresse et que je veux qu'elle vienne dîner ici demain soir. Elle ne devrait pas se faire prier.

— En effet, ça m'étonnerait.

— Ce qu'il me faut aussi, c'est un bon somnifère bien efficace, un truc qui puisse mettre n'importe qui hors de combat une heure ou deux, mais sans qu'il lui en reste des séquelles le lendemain.

Danahan eut un grand sourire :

— Je ne peux pas vous garantir que notre ami n'aura pas la migraine, mais il ne subira aucun dommage sérieux.

— Bien. Faites vite, Danny, et je me charge du reste. (Elle haussa la voix :) Miss Jones !

La jeune femme à lunettes apparut avec sa promptitude habituelle.

— Veuillez noter, s'il vous plaît.

Et, marchant lentement de long en large, Olga dicta son courrier du jour. Cependant, parmi les diverses réponses, il y en eut une qu'elle rédigea de sa propre main.

Dans sa chambre minable, Jake Levitt sourit jusqu'aux oreilles en déchirant l'enveloppe qu'il attendait.

Cher monsieur,

Je n'ai pas souvenir de la dame dont vous me parlez, mais je rencontre tant de gens que la mémoire me fait parfois défaut. Je suis néanmoins toujours heureuse d'aider une collègue, aussi vous attendrai-je ce soir chez moi à 21 heures comme vous semblez le souhaiter.

Salutations distinguées,

Olga Stormer

Levitt hocha la tête avec satisfaction. Pas bête ! Elle n'avouait rien. Mais n'en était pas moins prête à négocier. La mine d'or était prometteuse...

À 21 heures précises, Levitt sonnait à la porte de l'appartement de la comédienne. Personne ne répondit, et il se disposait à sonner à nouveau quand il se rendit compte que le battant n'était pas fermé. Il le poussa et pénétra dans le hall d'entrée. À sa droite, une porte était ouverte sur une pièce brillamment éclairée, décorée en rouge et noir. Levitt entra. Sur la table, sous la lampe, se trouvait une feuille de papier portant ces mots :

Soyez gentil d'attendre mon retour, O. Stormer.

Levitt s'assit et attendit. Malgré lui, un certain malaise commençait à le gagner. Tout était bien calme, dans cet appartement... Le silence avait quelque chose d'angoissant. Aucune raison de s'inquiéter, pourtant...

Mais c'était comme un silence de mort et, malgré tout, il lui vint l'impression troublante qu'il n'était pas seul dans la pièce. C'était stupide ! Absurde ! Il essuya son front trempé de sueur. Mais l'impression se faisait plus forte. Il n'était pas seul ! Marmonnant un juron, il bondit sur ses pieds et se mit à arpenter la pièce. Dans une minute, cette femme serait de retour et alors...

Il s'arrêta net en étouffant un cri. Une main dépassait des tentures de velours noir qui drapaient la fenêtre ! Il se pencha. Elle était froide, horriblement froide, une main de cadavre.

Poussant un cri, il écarta les rideaux. Une femme était étendue là, un bras écarté, l'autre replié sous elle. Elle reposait face contre terre et sa chevelure dénouée, couleur de bronze doré, était répandue sur son cou.

Olga Stormer ! Ses doigts tremblants cherchèrent le froid glacé du poignet et tâtèrent le pouls. Comme prévu, il n'y en avait plus. Elle était morte. Ainsi, choisissant l'issue la plus facile, elle lui avait échappé.

Soudain, son regard fut attiré par les deux extrémités d'un cordon rouge terminées par des glands de forme bizarre, à demi dissimulés dans la masse des cheveux. Il les toucha avec précaution, et la tête ballotta. Il entrevit alors un horrible visage violacé et recula brusquement en poussant un cri. Un vertige le saisit. Il y avait quelque chose qu'il ne comprenait pas. La brève vision du visage défiguré lui avait révélé une chose : c'était un meurtre et non pas un suicide.

La femme avait été étranglée et... ce n'était pas Olga Stormer !

Mais quel était ce bruit derrière lui ? Il se retourna, et son regard rencontra les yeux terrorisés d'une femme de chambre recroquevillée contre le mur. Son visage était aussi blanc que le bonnet et le tablier qu'elle portait, mais ce furent ses paroles étouffées qui lui révélèrent le péril qu'il courait et lui firent comprendre l'horreur fascinée de son regard.

— Mon Dieu ! Vous l'avez tuée !

Même à cet instant, il ne comprit pas tout à fait.

— Non, non, elle était morte quand je l'ai trouvée, protesta-t-il.

— Je vous ai vu la tuer ! Vous avez serré le cordon et vous l'avez étranglée. Même que j'ai entendu le gargouillement dans sa gorge.

Cette fois, la sueur lui inonda le front. Il repassa rapidement dans son esprit ce qu'il avait fait au cours des minutes précédentes. Elle avait dû entrer à l'instant même où il tenait dans ses mains les deux extrémités du cordon. Elle avait vu la tête affaissée et avait confondu son propre cri avec celui de la victime. Il ne pouvait douter de ce qu'il lisait sur le visage de la fille : c'était la terreur et la stupidité. Elle raconterait à la police qu'elle avait été témoin du crime, et aucun contre-interrogatoire n'ébranlerait sa conviction, il en était sûr. Elle l'enverrait de bonne foi à la mort, jurant ses grands dieux qu'elle disait la vérité.

Quel enchaînement de circonstances horrible, imprévisible !

Au fait, tellement imprévisible ? N'y avait-il pas plutôt là une quelconque machination... Sur un coup de tête, en l'observant avec attention, il lui dit :

— Ce n'est pas votre maîtresse, vous savez.

La réponse spontanée éclaira la situation.

— Non, c'est son amie l'actrice, si on peut parler d'amie, vu qu'elles étaient comme chien et chat. Tenez ce soir, elles y allaient de bon cœur !

C'était un piège ! Il en était sûr maintenant :

— Où est votre maîtresse ?

— Elle est sortie il y a dix minutes.

Un piège ! Et il s'y était laissé prendre comme un novice. Cette Olga Stormer était d'une habileté diabolique : elle s'était débarrassée d'une rivale, et c'était lui qui allait payer pour elle.

Un meurtre ! Mon Dieu, c'était la potence qui l'attendait ! Et il était innocent... innocent !

Un bruissement furtif le tira de ses pensées. La petite femme de chambre se glissait en direction de la porte. Elle commençait à reprendre ses esprits. Son regard incertain se posa sur le téléphone, puis sur la porte. Il devait à tout prix la réduire au silence. C'était le seul moyen de s'en sortir. Autant payer pour un vrai crime en même temps que pour un faux. Elle n'avait pas d'arme et lui non plus. Mais il lui restait ses mains ! Son cœur bondit soudain dans sa poitrine. Sur la table à côté d'elle, presque à portée de sa main, se trouvait un petit revolver à la crosse incrustée de diamants. S'il pouvait l'atteindre le premier...

Ce fut l'instinct de la fille, ou bien ses yeux à lui, qui l'avertirent. Elle se saisit de l'arme au moment où il bondissait et la pointa en direction de sa poitrine. Même si elle la tenait maladroitement, elle avait le doigt sur la détente ; à cette distance, elle ne pouvait le manquer. Il s'immobilisa. Un revolver appartenant à une femme comme Olga Stormer ne pouvait qu'être chargé.

Pourtant... elle ne se tenait plus entre lui et la porte. Tant qu'il ne se jetait pas sur elle, peut-être n'aurait-elle pas le cran de tirer. De toute façon, il fallait prendre le risque. Il courut vers la porte en zigzaguant, traversa le hall, franchit la porte d'entrée et la claqua violemment derrière lui. Il entendit la voix tremblante et étouffée de la fille qui criait « Police ! À l'assassin ! » Si elle ne criait pas plus fort, personne ne risquait de l'entendre. En tout cas, il avait un peu d'avance. Il dévala les escaliers, s'élança dans la rue en courant et se remit à marcher lorsqu'un passant isolé tourna le coin de la rue. Son plan était bien arrêté. D'abord atteindre Gravesend, d'où, cette nuit-là, un bateau levait l'ancre pour le bout du monde. Il en connaissait le capitaine, un homme qui, moyennant rétribution, ne lui poserait pas de question. Une fois à bord, et en mer, il n'aurait plus rien à craindre.

À 11 heures du soir, le téléphone sonna chez Danahan. C'était Olga :

— Rédigez un contrat pour miss Ryan, s'il vous plaît. Elle sera ma doublure dans le rôle de Cora. Inutile de discuter. Je lui dois bien cela après tout ce que je lui ai fait subir cette nuit ! Comment ? Oui, je crois que mes ennuis sont terminés. À propos, si elle vous dit demain que je suis une adepte du spiritisme et que je l'ai plongée en catalepsie la nuit dernière, ne vous montrez pas trop incrédule. Comment j'ai fait ? Le somnifère dans son café, suivi de passes magnétiques en bonne et due forme ! Après quoi je lui ai maquillé le visage avec un fard violet et appliqué un garrot au bras gauche ! Vous êtes stupéfait ? Eh bien, restez-le jusqu'à demain matin. Je n'ai pas le temps de vous expliquer maintenant. Je dois me débarrasser de mon bonnet et de mon tablier avant que ma fidèle Maud ne revienne du cinéma. On devait y donner « un vrai chef-d'œuvre », d'après ce qu'elle m'a dit. Mais le plus beau des chefs-d'œuvre, elle l'a manqué. J'ai joué ce soir mon meilleur rôle, Danny. Ce sont les mitaines qui ont gagné ! Jake Levitt est bel et bien un lâche, et puis, oh ! Danny... après tout, c'est vrai que je suis une grande comédienne !

*Traduit de l'anglais
par Jean-Claude Dieuleveux*

Postface

« *La Comédienne* » *a paru pour la première fois dans le* Novel Magazine *en mai 1923. Reprise dans la plaquette qui sortit outre-Manche en 1990 pour célébrer le centenaire de la naissance de Christie ainsi qu'un an plus tard au Masque dans le tome I des Intégrales sous le titre* « *Représentation privée* », *la voici enfin sous celui qu'avait souhaité l'auteur.*

Cette nouvelle illustre la prodigieuse habileté avec laquelle Christie savait utiliser une intrigue et la présenter une nouvelle fois, soit sous la même forme mais dans une perspective différente, soit encore avec des modifications subtiles mais suffisamment significatives pour abuser le lecteur. Le simple tour de passe-passe employé dans « *La Comédienne* » *se retrouve dans plusieurs autres histoires, avec une mention spéciale pour* « *L'Affaire du bungalow* », *incluse dans* Miss Marple au club du mardi *(1932), et pour le roman* Les Vacances d'Hercule Poirot *(1941).*

Cette nouvelle nous rappelle que Christie est également un des auteurs dramatiques britanniques les plus inspirés, même si sa première pièce – qu'elle décrivait comme « *une pièce extrê-*

mement lugubre dont le sujet, si ma mémoire est bonne, était l'inceste » – *ne fut jamais jouée. Sa préférée était* Témoin à charge *(1953), mais la plus célèbre est sans aucun doute* La Souricière *(1952), qui, près de cinquante ans plus tard, n'a toujours pas quitté l'affiche à Londres. Si l'intrigue de* La Souricière *est centrée sur la capacité d'un meurtrier à tromper ses victimes potentielles, son efficacité théâtrale repose sur la conscience qu'avait Christie de la façon dont les spectateurs réagissent à ce qu'ils voient et entendent, et sur sa capacité à manipuler, mieux que quiconque, cette vision toute personnelle qu'ils ont des situations. Après la première de* La Souricière *à Londres, le critique du* Times *remarqua que « la pièce répond admirablement aux exigences particulières du théâtre » et, comme toute personne ayant travaillé sur cette pièce ou l'ayant soigneusement étudiée le sait bien, il y a effectivement un secret à son succès, ou plutôt au succès de la mystification qui fait que si peu de gens sont capables de prévoir son stupéfiant dénouement.*

LE POINT DE NON-RETOUR

(*The Edge*)

Claire Halliwell descendit le court sentier qui menait de la porte de son cottage à la barrière du jardin. À son bras gauche elle portait un panier, et dans ce panier il y avait une bouteille de soupe, de la confiture maison et quelques grappes de raisin. On ne comptait pas beaucoup de miséreux dans le petit village de Daymer's End, mais on s'y occupait assidûment de ceux qui étaient dans le besoin, et Claire était l'une des plus actives aides sociales de la paroisse.

Claire Halliwell avait trente-deux ans, un port élancé, un teint respirant la santé et de jolis yeux marron. Elle n'était pas belle, mais charmante, pleine de fraîcheur et très anglaise. Tout le monde l'appréciait et la jugeait brave fille. Depuis la mort de sa mère, deux ans plus tôt, elle vivait seule au cottage en compagnie de son chien, Rover. Elle élevait des volailles, raffolait des animaux et ne jurait que par la bonne vie saine au grand air.

Comme elle levait le loquet de la barrière, un petit cabriolet automobile à deux places passa en trombe, et la conductrice, une fille coiffée d'un chapeau rouge, lui fit un grand bonjour de la main. Claire lui rendit son salut mais ses lèvres s'étrécirent pour un temps. Elle ressentait ce serrement de cœur qui l'étreignait chaque fois qu'elle apercevait Viviane Lee. La femme de Gerald !

La ferme-manoir de Medenham, qui se dressait à un kilomètre et demi du village, appartenait aux Lee depuis des générations. Sir Gerald Lee, l'actuel propriétaire des lieux, paraissait plus vieux que son âge, et nombreux étaient ceux qui le jugeaient guindé. Mais ses manières contraintes lui servaient en fait à dissimuler une bonne dose de timidité. Enfants, Claire et lui avaient joué ensemble. Par la suite, ils étaient devenus amis et des nœuds plus étroits et plus tendres avaient été secrètement espérés par beaucoup – y compris, on peut bien l'avouer, par Claire elle-même. Rien ne pressait, bien sûr... mais un jour... Elle avait gardé ça dans un coin de sa tête. Un jour.

Et puis soudain, il y avait tout juste un an, le village dans son entier avait été sidéré par l'annonce du mariage de sir Gerald avec une miss Harper – une fille dont personne n'avait jamais entendu parler !

La nouvelle lady Lee n'avait pas été populaire d'emblée dans l'agglomération. Elle ne s'intéressait pas le moins du monde aux affaires communales, bâillait à la chasse et abominait campagne et activités de plein air. Plus d'une bonne âme branlait du chef en se demandant comment ça finirait. Il n'était cependant pas sorcier de comprendre d'où était née la foucade de sir Gerald. Viviane était une beauté. Petite, menue, espiègle, avec des cheveux d'or rouge qui frisottaient de façon ravissante sur ses mignonnes oreilles et d'immenses prunelles violettes capables de décocher des œillades assassines comme si de leur vie elles n'avaient jamais su faire que ça, elle était l'absolu contraire de Claire Halliwell.

Gerald Lee, dans sa bien masculine candeur, avait tenu à ce que sa femme et Claire deviennent les meilleures amies du monde. C'est ainsi que Claire était souvent priée à dîner à la Ferme et que Viviane se livrait à une débauche de démonstrations d'affectueuse tendresse où qu'elles viennent à se rencontrer. D'où son joyeux salut de ce matin.

Claire se mit en route et s'en fut accomplir son devoir. Le pasteur visitait lui aussi le devoir en question – une vieillarde –, et Claire et lui parcoururent quelques centaines de mètres de concert sur le chemin du retour avant que leurs routes ne se séparent. Sur le point de se quitter, ils s'immobilisèrent une minute, le temps d'évoquer les derniers tracas paroissiaux.

— Jones a repiqué à la bouteille, j'en ai bien peur, déplora le pasteur. Et moi qui espérais tant, après qu'il eut spontanément juré, de son propre chef, qu'il allait respecter son vœu de tempérance.

— C'est écœurant ! décréta Claire, tranchante.

— C'est ce qu'il nous semble, minimisa Mr Wilmot, mais ne perdons pas de vue qu'il nous est très malcommode de nous mettre à sa place et de mesurer la violence de ses tentations. L'envie de boire est certes inexplicable, mais nous avons tous à subir nos tentations personnelles, aussi devrions-nous être à même de comprendre.

— Oui, peut-être bien, hasarda-t-elle, dubitative.

Le pasteur l'examina avec attention.

— Certains d'entre nous ont la bonne fortune de n'être que fort peu tentés, dit-il avec douceur. Mais même à ceux-là, leur heure viendra. Prenez garde et priez, je vous le dis, afin de ne connaître point la tentation.

Sur quoi, lui souhaitant le bonjour, il s'éloigna d'un pas vif. Claire poursuivit pensivement son chemin et bientôt se cogna presque dans sir Gerald Lee.

— Salut, Claire ! J'espérais bien tomber sur toi. Tu m'as l'air en pleine forme. Comme tu as des couleurs !

Les couleurs n'étaient pas là une minute plus tôt. Lee poursuivit :

— Comme je te le disais, j'espérais tomber sur toi. Viviane a dû se précipiter à Bournemouth pour le week-end. Sa mère n'est pas bien. Peux-tu dîner avec nous mardi au lieu de ce soir ?

— Oh, bien sûr ! Mardi m'ira tout aussi bien.

— Alors c'est réglé. Formidable. Il faut que je me grouille.

Claire rentra chez elle pour y trouver sa fidèle domestique plantée sur le pas de la porte :

— Ah ! vous voilà, miss. Quel tintouin ! On nous a ramené Rover à la maison. Il était sorti tout seul ce matin, et une voiture l'a pas loupé et lui a passé en plein dessus.

Claire se précipita au côté de son chien. Elle adorait les animaux, et Rover était son préféré. Elle lui palpa les membres un par un et lui explora ensuite le corps tout entier. Il gémit à une ou deux reprises et lui lécha la main.

— S'il a une blessure sérieuse, elle est interne, diagnostiqua-t-elle enfin. Aucun os ne paraît brisé.

— Est-ce qu'on demanderait pas au véto de venir le voir, miss ?

Claire secoua la tête. Elle n'avait guère confiance dans le vétérinaire local.

— On va attendre jusqu'à demain. Il n'a pas l'air de souffrir outre mesure, et ses gencives ont une bonne couleur, ce qui tendrait à prouver qu'il n'y a pas de grosse hémorragie interne.

Demain, si sa mine ne me revient pas, je l'emmènerai en voiture à Skippington et je demanderai à Reeves de l'examiner. C'est de très loin le meilleur.

Le lendemain, Rover semblait plus affaibli et Claire mit son projet à exécution. La petite ville de Skippington était distante d'une bonne soixantaine de kilomètres, ce qui représentait une longue trotte, mais la réputation de Reeves, le vétérinaire du lieu, s'étendait bien plus loin encore.

Il diagnostiqua quelques lésions internes mais laissa entrevoir de bonnes chances de rétablissement, et Claire s'en fut, très soulagée de confier Rover à ses bons soins.

Il n'y avait qu'un unique hôtel sans prétention à Skippington, les *Armes du Comté*. La région étant peu renommée pour la chasse et la ville située à l'écart des grands axes de communication, il était essentiellement fréquenté par des voyageurs de commerce.

Le déjeuner n'y étant pas servi avant 13 heures, et comme il s'en fallait encore de quelques minutes, Claire s'amusa à parcourir les inscriptions d'arrivée dans le registre ouvert des visiteurs.

Soudain, elle ne put étouffer une légère exclamation. Pas de doute : avec ses boucles, ses entrelacs et ses fioritures, elle la connaissait, cette écriture. Elle l'avait toujours trouvée identifiable entre mille. Même maintenant, elle aurait pu jurer... mais, bien évidemment, c'était tout ce qu'il y a d'impossible. Viviane Lee était à Bournemouth. L'inscription elle-même prouvait que c'était impossible : *Mr et Mrs Cyril Brown, Londres*.

Elle ne pouvait malgré tout s'empêcher de

revenir sans cesse à cette écriture tarabiscotée et, dans un élan qu'elle ne parvint pas à analyser, elle interrogea à brûle-pourpoint la réceptionniste :

— Mrs Cyril Brown ? Je me demande s'il s'agit bien de celle que je connais ?

— Une petite personne toute menue ? Des cheveux tirant sur le roux ? Jolie comme un cœur. Elle est arrivée dans un cabriolet rouge à deux places. Un cabriolet Peugeot, je crois bien.

C'était donc bien ça ! Une telle coïncidence aurait été trop extravagante. Comme en un rêve, elle entendit la femme poursuivre :

— Ils étaient déjà venus passer le week-end il y a de ça un bon mois, et l'endroit leur a tellement plu que les voilà de retour. Des mariés de fraîche date que ça ne m'étonnerait pas.

Claire s'entendit articuler :

— Merci. Je ne crois pas qu'il puisse s'agir de mon amie.

Sa voix sonnait différemment, comme si elle appartenait à quelqu'un d'autre. Et bientôt, alors qu'attablée dans la salle du restaurant elle mangeait à petites bouchées une tranche de rôti froid, son cerveau en ébullition devint un champ de bataille où s'affrontèrent pensées et émotions contradictoires.

Le doute n'était plus de saison. Elle avait d'ailleurs parfaitement jaugé Viviane dès leur première rencontre. C'était bien d'elle. Elle se demanda vaguement qui pouvait être l'homme. Quelqu'un que Viviane connaissait d'avant son mariage ? Plus que probable... mais quelle importance... ce qui comptait, c'était Gerald.

Qu'allait-elle faire à propos de Gerald ? Il fallait qu'il sache... pas de doute, il fallait qu'il sache. Il en allait manifestement de son devoir de le mettre au courant. Le secret de Viviane, elle l'avait découvert par accident, mais elle devait mettre Gerald au courant des faits sans perdre un instant. Elle était l'amie de Gerald, pas celle de Viviane.

Mais elle se sentait néanmoins mal à l'aise. Sa conscience n'était pas en repos. À première vue, son raisonnement était bon, mais devoir et sentiments semblaient s'accorder de manière par trop équivoque. Il lui fallait bien admettre qu'elle détestait Viviane. À côté de ça, si Gerald Lee divorçait – et elle ne doutait pas un instant que ce soit exactement ce qu'il ferait, c'était un homme possédé par une si fanatique conception de l'honneur –... alors... eh bien, alors, la voie serait libre pour qu'il lui revienne. À envisager la situation sous cet angle, la nausée lui vint. La démarche lui parut tout à la fois ignoble et lamentablement cousue de fil blanc.

L'élément personnel entrait par trop en ligne de compte. Elle ne pouvait jurer de la pureté de ses intentions. Claire était au premier chef une femme dotée d'élévation d'esprit et d'une conscience exigeante. Et elle luttait maintenant de toutes ses forces afin de déterminer où résidait son devoir. Elle souhaitait, comme elle l'avait toujours souhaité, agir dans le bon sens. Qu'est-ce qui, dans le cas particulier, était bien ? Qu'est-ce qui était mal ?

Par un pur effet du hasard, des faits avaient été portés à sa connaissance. Ils affectaient au plus profond l'homme qu'elle aimait et la femme qu'elle détestait, et... oui, autant faire preuve de franchise... dont elle était maladivement jalouse. Or, cette femme, elle était désormais en mesure de provoquer sa perte. Mais était-elle fondée à le faire ?

Claire s'était toujours tenue à l'écart des clabaudages et des scandales qui font partie intégrante de l'existence villageoise. Et elle était horrifiée à l'idée de ressembler maintenant à ces goules humaines qu'elle avait de tout temps fait profession de mépriser.

Brusquement, les mots prononcés la veille par le pasteur lui revinrent à l'esprit :

« *Mais même à ceux-là, leur heure viendra.* »

Était-ce *son* heure ? *Sa* tentation ? Une tentation qui se serait insidieusement travestie en devoir ? Elle était Claire Halliwell, bonne chrétienne chérissant son prochain et voulant du bien à tous les hommes... et à toutes les femmes. Si elle devait mettre Gerald au courant, il faudrait qu'elle soit au préalable bien sûre de n'être guidée que par des sentiments altruistes. Dans l'immédiat, elle ne lui dirait rien.

Elle régla l'addition de son déjeuner et prit le chemin du retour, l'esprit débarrassé d'un poids insupportable. Elle se sentait même plus heureuse qu'elle ne l'avait été depuis longtemps, ravie d'avoir trouvé en elle la force de résister à la tentation, de ne rien faire d'indigne ni de mesquin. L'espace d'un instant, il lui vint le soupçon qu'un sentiment de puissance était peut-être à l'origine de sa soudaine humeur folâtre, mais elle balaya cette idée jugée extravagante.

Le mardi soir, elle s'était encore fortifiée dans sa résolution. La révélation ne saurait passer par elle. Elle devait garder le silence. L'amour secret qu'elle portait à Gerald interdisait tout discours. Comportement un tantinet magnanime ? Peut-être, en effet. Mais c'était le seul qu'elle estimât possible.

Elle arriva à la Ferme dans sa petite voiture. Le chauffeur de sir Gerald la guettait depuis le seuil de la grand-porte afin de conduire l'auto au garage quand elle en serait descendue, car la soirée était humide. Il venait de démarrer quand Claire se rappela les quelques livres empruntés qu'elle avait apportés avec elle pour les rendre. Elle le héla, mais il ne l'entendit pas. Et le majordome courut après la voiture.

Et c'est ainsi que, pendant une longue minute, Claire se retrouva seule dans le hall, à deux pas de la porte du salon que le majordome avait tout juste entrebâillée dans l'intention de l'annoncer. Ceux qui se trouvaient dans la pièce ignoraient toutefois sa présence et il advint que la voix piaillarde de Viviane – pas vraiment une voix de femme du monde – sonna, claire et distincte :

— Oh ! nous n'attendons plus que Claire Halliwell. Vous devez la connaître... elle habite le village... elle était censée figurer au nombre des beautés du cru, mais elle est, hélas ! tragiquement dépourvue du moindre sex-appeal. Elle a fait l'impossible pour mettre le grappin sur Gerald, mais merci bien, très peu pour lui.

Et, en réponse à un murmure de protestation de son mari :

— Oh ! que si... tu as pu ne pas t'en apercevoir... mais elle s'était démenée comme une perdue. Pauvre Claire ! Une brave fille, mais une telle laissée-pour-compte !

Le visage de Claire devint d'une pâleur mortelle et ses mains se crispèrent dans un spasme de fureur tel qu'elle n'en avait jamais connu. À ce moment-là, elle aurait pu tuer Viviane Lee. Et ce ne fut qu'au prix d'un effort physique surhumain qu'elle parvint à recouvrer le contrôle d'elle-même. Ça et la pensée à demi consciente qu'elle tenait de quoi faire payer à Viviane la cruauté de ses propos.

Le majordome était revenu avec les livres. Il ouvrit la porte, l'annonça, et, l'instant d'après, elle saluait une bruissante assemblée avec les manières enjouées qui lui étaient coutumières.

Viviane, exquisement moulée dans une robe du soir lie-de-vin qui mettait en valeur sa blanche fragilité, se montra particulièrement tendre et démonstrative. Ils ne voyaient pas Claire moitié autant qu'ils l'auraient voulu. Elle, Viviane, allait apprendre à jouer au golf, et il *fallait* que Claire l'accompagne sur les links.

Gerald aussi se montra attentif et charmant. Bien qu'il ne soupçonnât pas un instant qu'elle ait pu surprendre les paroles de sa femme, il n'en éprouvait pas moins confusément le besoin de se les faire pardonner. Il aimait beaucoup Claire, et il aurait bien voulu que Viviane s'abstienne de commentaires aussi regrettables. Claire et lui avaient été amis intimes, rien de plus – et s'il éprouvait tout au fond de lui un léger malaise quant à la façon dont il jonglait un peu trop avec la vérité pour ce qui est de cette dernière assertion, il s'empressa de le chasser.

Après dîner, on en vint à parler chiens et Claire raconta l'accident de Rover. Ensuite, elle guetta de propos délibéré un blanc dans la conversation pour préciser :

— ... Ce qui fait que, samedi, je l'ai emmené à Skippington.

Elle entendit le soudain tintement qu'émit la tasse à café de Viviane en rencontrant trop brusquement sa soucoupe, mais ne regarda pas dans la direction de la jeune femme – pas encore.

— Pour le montrer au fameux Reeves ?

— Oui. Je pense qu'il va le tirer de là. Après quoi j'ai déjeuné aux *Armes du Comté*. Un petit hôtel-restaurant très correct, ma foi. (Elle se tourna vers Viviane :) Y êtes-vous déjà descendue ?

S'il lui était encore resté quelques doutes, ils s'envolèrent. La réponse de Viviane fusa – dans un balbutiement hâtif :

— Moi ? Oh ! N-non, non.

La peur se lisait dans ses yeux. Ils en étaient écarquillés, ils en avaient viré au noir quand ils croisèrent ceux de Claire. Le regard de Claire ne leur dit rien en retour. Il était calme, scrutateur. Nul n'aurait pu rêver les flots de volupté qu'il dissimulait. À ce moment-là, Claire pardonna presque à Viviane les mots surpris plus tôt dans la soirée. Elle savourait en cet instant une sensation d'absolu pouvoir qui lui faisait presque tourner la tête. Elle tenait Viviane Lee dans le creux de sa main.

Le lendemain, elle reçut une lettre de « l'autre ». Claire accepterait-elle de venir prendre le thé avec elle cet après-midi même ? Claire refusa.

Sur quoi Viviane vint chez elle. À deux reprises elle se présenta à des heures où on était généralement certain de trouver Claire à la maison. La première fois, Claire était réellement sortie ; la seconde, elle fila par la porte de service quand elle aperçut Viviane qui remontait l'allée.

« Elle en est encore à se demander si je sais la vérité ou pas, se dit-elle. Elle veut en avoir le cœur net sans se compromettre. Mais pas question... pas avant que je ne sois prête. »

Claire ne savait pas elle-même au juste ce qu'elle attendait. Elle avait décidé de garder le silence – c'était la seule conduite loyale et honorable. En se remémorant l'extrême provocation à laquelle elle avait été soumise, elle se sentit d'ailleurs pousser une auréole supplémentaire de vertu. Après avoir découvert la façon dont Viviane parlait d'elle derrière son dos, une âme moins bien trempée, estima-t-elle, aurait fort bien pu renoncer à ses bonnes résolutions.

Elle se rendit deux fois au culte ce dimanche-là. D'abord à la messe basse du matin, dont elle sortit fortifiée et plus détachée encore des vicissitudes de ce monde. Aucune considération personnelle ne devait peser sur ses décisions – rien de laid ni de mesquin. Elle y retourna ensuite pour l'office du jour. Mr Wilmot y prêcha sur le thème de la fameuse prière du Pharisien. Il esquissa à grands traits la vie de cet homme, un homme de bien, pilier de son église. Puis il décrivit les progrès de la lente et insidieuse gangrène que le péché d'orgueil avait instillé dans son esprit et qui lui avait coûté le salut de son âme.

Claire ne l'écoutait que d'une oreille distraite. Viviane trônait dans l'immense banc d'œuvre de la famille Lee, et Claire savait d'instinct que « l'autre » comptait bien la coincer à la sortie.

Ce qui ne manqua pas d'arriver. Viviane se cramponna à Claire, la raccompagna jusque chez elle, lui demanda si elle pouvait entrer. Claire, comme de bien entendu, y consentit. Elles s'installèrent dans le petit salon du cottage, illuminé de fleurs et de chintz à l'ancienne. Le discours de Viviane fut décousu, et son débit saccadé.

— J'ai passé le dernier week-end à Bournemouth, vous savez, ne tarda-t-elle pas à signaler.

— C'est ce que m'a appris Gerald, commenta Claire.

Elles se mesurèrent du regard. Viviane paraissait aujourd'hui presque laide. Son visage arborait une expression âpre et calculatrice qui le privait de beaucoup de son charme.

— Quand vous êtes allée à Skippington... commença Viviane.

— Quand je suis allée à Skippington ? répéta courtoisement Claire en écho.

— Vous avez évoqué je ne sais quel petit hôtel qui se trouve là-bas.

— Les *Armes du Comté*. Oui. Vous ne le connaissiez pas, m'avez-vous dit ?

— Je... j'y suis descendue une fois.

— Oh !

Elle n'avait plus qu'à attendre sans même lever le petit doigt. Viviane était bien incapable d'affronter la moindre difficulté. D'ailleurs, elle craquait déjà. Se penchant en avant, elle se mit à récriminer avec véhémence :

— Vous ne m'aimez pas ! Vous ne m'avez jamais aimée. Vous m'avez toujours haïe. Et maintenant ça vous amuse de jouer avec moi au chat et à la souris. Vous êtes cruelle... cruelle. C'est pour ça que j'ai peur de vous, parce qu'au fond, tout au fond de vous, vous êtes cruelle.

— Vraiment, Viviane ! s'offusqua Claire, cassante.

— Vous *êtes au courant*, n'est-ce pas ? Oui, je le vois bien. Vous l'étiez, l'autre soir... quand vous avez parlé de Skippington. Vous l'avez découvert Dieu sait comment. Bon, eh bien, moi, ce que je veux savoir, c'est ce que vous comptez faire. Qu'est-ce que vous comptez faire ?

Claire laissa passer une minute sans répondre et Viviane sauta sur ses pieds :

— Qu'est-ce que vous comptez faire ? Il faut que je le sache. Vous n'allez pas nier maintenant que vous êtes au courant de tout ?

— Je n'ai aucune intention de nier quoi que ce soit, répliqua froidement Claire.

— Vous m'avez vue là-bas, ce jour-là ?

— Non. J'ai remarqué votre écriture dans le registre des entrées : Mr et Mrs Cyril Brown.

Viviane rougit violemment.

— Depuis lors, poursuivit Claire, placide, je me suis livrée à quelques recherches. J'ai découvert que vous n'étiez pas allée à Bournemouth ce week-end-là. Votre mère ne vous a jamais envoyé chercher. La même chose, rigoureusement la même, s'était déjà produite quelque six semaines plus tôt.

Viviane se laissa retomber sur le canapé. Elle éclata en sanglots frénétiques, les sanglots d'une gamine épouvantée.

— Qu'est-ce que vous allez faire ? hoqueta-t-elle. Vous allez tout raconter à Gerald ?

— Je ne sais pas encore, susurra Claire.

Elle se sentait calme, omnipotente.

Se redressant, Viviane repoussa les boucles cuivrées qui lui cascadaient sur le front :

— Vous voudriez que je vous donne tous les détails ?

— J'imagine que ce serait aussi bien.

Viviane déballa toute l'histoire. Sans la moindre réticence. Cyril « Brown » n'était autre que Cyril Haviland, un jeune ingénieur auquel elle avait été préalablement fiancée. Il avait eu des ennuis de santé, avait perdu son job et, de fil en aiguille, ne s'était pas gêné pour plaquer une Viviane sans le sou au profit d'une veuve richissime qui aurait pu être sa mère et qu'il s'était empressé d'épouser. Peu après, Viviane avait convolé en justes noces avec Gerald Lee.

Elle avait un beau jour revu Cyril par le plus grand des hasards. Ç'avait été la première de nombreuses rencontres à venir. Épaulé par l'argent de sa femme, Cyril entamait une carrière prometteuse et était en train de devenir un personnage en vue. C'était une histoire sordide, une histoire d'étreintes clandestines, de liaison abjecte et de mensonges sans fin.

68

— Je suis tellement amoureuse de lui, répétait Viviane à n'en plus finir avec des trémolos dans la voix.

Et à chaque fois l'expression mettait Claire au bord de la nausée.

À la fin des fins, l'haletante chronique arriva à son terme. Et Viviane bredouilla un piteux :

— Alors ?

— Ce que sont mes intentions ? traduisit Claire. Je ne saurais vous dire. Il me faut le temps de la réflexion.

— Vous n'allez pas me dénoncer à Gerald ?

— Mon devoir consiste peut-être à le faire.

— Non ! non !

La voix de Viviane se mua en glapissements hystériques :

— Il va vouloir divorcer ! Il ne voudra rien entendre ! Il obtiendra des preuves de cet hôtel, et Cyril sera montré du doigt ! Et alors là, sa femme aussi demandera le divorce. Tout va être fichu, anéanti... sa carrière, sa santé... et il va se retrouver sans le sou. Il ne me le pardonnera jamais... jamais.

— Si je puis me permettre, opina Claire, votre Cyril ne me dit rien qui vaille.

Viviane n'en avait cure :

— Je vous dis qu'il va me haïr... me haïr. Et ça, je ne pourrai pas le supporter. Ne dites rien à Gerald. Je ferai tout ce que vous voudrez, mais ne dites rien à Gerald.

— Je ne saurais prendre de décision précipitée, déclara gravement Claire. Je ne peux rien vous promettre de but en blanc. En attendant, Cyril et vous ne devez plus vous revoir.

— Non, non, c'est entendu. Je vous le jure.

— Quand j'aurai déterminé la juste solution du problème, promit Claire, je vous la ferai connaître.

Ayant dit, elle se leva. Et Viviane se glissa hors de la maison, furtive, tassée sur elle-même et jetant des regards en arrière par-dessus son épaule.

Restée seule, Claire fronça les narines. De dégoût. Une écœurante affaire de coucheries. Viviane respecterait-elle sa promesse de ne pas revoir Cyril ? Probablement pas. Elle avait la chair faible... elle était pourrie jusqu'à la moelle.

Cet après-midi-là, Claire sortit faire une longue promenade à pied. Un sentier menait vers les Downs, ces escarpements de craie tapissés d'herbe rase et qui se terminent en falaise dans la Manche. Sur la gauche, les vertes collines s'abaissaient en doux vallonnements avant de s'achever sur un à-pic au pied duquel battaient les vagues, très loin en dessous, tandis que le sentier serpentait toujours plus haut. Cette promenade était localement connue sous le nom des Hauts de Non-Retour. Et si elle n'était guère dangereuse pour qui s'en tenait au sentier, il en allait tout autrement pour les imprudents qui se risquaient à s'en écarter. Ces moelleuses ondulations de terrain étaient traîtresses. Claire y avait un jour perdu un chien. L'animal s'était mis à courir dans l'herbe tendre quand, emporté soudain par la vitesse acquise et atteignant ainsi le point de non-retour qui avait valu son nom à l'endroit, il avait basculé par-dessus l'extrême bord de la falaise pour aller s'écraser, le corps déchiqueté, sur les rochers acérés en contrebas.

L'après-midi était beau et le ciel limpide. Des profondeurs montait le clapotis des vagues, engourdissant murmure. Claire s'assit sur l'herbe rase et contempla l'eau bleue à perte de vue. Il fallait qu'elle parvienne à une décision. Que comptait-elle faire au juste ?

L'écœurement la prenait quand elle pensait à Viviane. Comme cette fille s'était aplatie, avec quelle abjection elle avait courbé l'échine ! Claire sentit le mépris la submerger. Aucun mordant... pas le moindre cran.

Néanmoins, quelle que soit l'hostilité qu'elle nourrissait à son endroit, Claire résolut de continuer à l'épargner dans l'immédiat. Quand elle rentrerait à la maison, elle lui enverrait un mot pour lui dire que, sans pouvoir honnêtement présager de l'avenir, elle avait décidé de garder le silence pour l'instant.

La vie à Daymer's End suivit cependant plus ou moins son cours. Il fut noté, dans les sphères villageoises, que lady Lee ne semblait pas au meilleur de sa forme. Claire Halliwell, en contrepartie, s'épanouissait. Elle avait l'œil plus brillant, portait plus haut la tête et tout, dans son comportement, trahissait un regain d'assurance et de sûreté de soi. Lady Lee et elle se rencontraient souvent et on nota qu'en ces occasions la jeune femme accordait aux moindres propos de son aînée une attention flatteuse.

Parfois miss Halliwell se laissait aller à des remarques qui semblaient quelque peu incongrues à d'aucuns – ne serait-ce qu'en raison de leur totale absence de rapport avec la conversation du moment. C'était ainsi qu'il lui arrivait de déclarer sans crier gare qu'elle avait tout récemment changé d'avis sur bien des sujets... et qu'il était curieux de constater combien d'infimes détails étaient susceptibles de vous faire réviser du tout au tout certains points de vue. Ou bien encore que l'on n'avait que trop tendance à céder à la pitié... et qu'il serait souvent urgent d'y remédier.

Quand elle se livrait à ce genre d'aphorismes, elle regardait en général lady Lee d'un drôle d'air, et cette dernière verdissait soudain et semblait au supplice.

Mais au rythme de l'année qui s'écoulait, ce duel à fleurets mouchetés perdit de son intérêt. Claire continuait à faire les mêmes remarques, mais lady Lee en semblait de moins en moins affectée. Elle se mit à recouvrer joliesse et bonne humeur. Ses manières enjouées de naguère lui revinrent.

Un matin qu'elle sortait promener son chien, Claire rencontra Gerald dans un chemin creux. L'épagneul du nobliau fraternisa avec Rover tandis que son maître bavardait avec Claire.

— Au courant de nos projets ? s'écria-t-il avec entrain. J'imagine que Viviane t'a annoncé la nouvelle.

— Quel genre de nouvelle ? Viviane ne m'a parlé d'aucun projet en particulier.

— Nous partons pour l'étranger... pour un an... peut-être davantage. Viviane en a sa claque de la cambrousse. Elle n'a d'ailleurs jamais aimé ça, tu le sais.

Il soupira et, l'espace d'un moment, parut découragé. Gerald Lee avait toujours été très fier de sa demeure et de son domaine :

— Quoi qu'il en soit, je lui ai promis le changement. J'ai loué une villa près d'Alger. Un endroit de rêve, à ce qu'il paraît. (Il eut un rire un peu contraint :) Une seconde lune de miel, pas vrai ?

Pendant une bonne minute, Claire fut incapable d'articuler un mot. Quelque chose semblait lui remonter dans la gorge au point de l'étouffer. Elle voyait comme si elle y était les murs blancs de la villa, les orangers, elle humait les suaves effluves embaumés du Grand Sud. Une seconde lune de miel !

Ils allaient lui échapper. Viviane ne croyait plus à ses menaces. Elle s'en allait au loin, gaie, insouciante, heureuse.

Claire entendit sa propre voix, certes un peu rauque, prononcer les mots qui convenaient. Quelle merveilleuse idée ! Comme elle les enviait !

Fort opportunément, Rover et l'épagneul choisirent d'un commun accord ce moment précis pour décider d'une brouille. Dans l'échauffourée qui s'ensuivit, toute conversation plus avant était hors de question.

Cet après-midi-là, Claire s'assit à sa table et rédigea un mot à l'intention de Viviane. Ayant une communication de la plus grande importance à lui soumettre, elle lui demandait de la retrouver le lendemain même sur les Hauts de Non-Retour.

Le matin suivant se leva, radieux et sans nuages. Claire escalada d'un cœur léger le raidillon qui menait à Non-Retour. Quelle journée idéale ! Elle était heureuse de sa décision de dire au grand jour ce qu'elle avait à dire, en pleine nature, sous le ciel bleu, plutôt que dans son petit salon privé d'air. Elle était navrée pour Viviane, sincèrement navrée, mais il fallait en passer par là.

Elle aperçut un point jaune – on aurait dit allez savoir quelle fleur – sur le talus, un peu plus haut, en amont du sentier. Quand elle s'en approcha, la fleur se mua d'elle-même en silhouette recroquevillée de Viviane, vêtue d'une petite robe de tricot jaune, assise sur l'herbe rase, les genoux serrés entre ses mains crispées.

— Bonjour ! s'exclama Claire. Il fait un temps splendide, non, ce matin ?

— Ah bon ? riposta Viviane. Je n'avais pas

remarqué. Qu'est-ce que vous vouliez me... communiquer ?

Claire se laissa choir sur l'herbe à côté d'elle.

— Je suis hors d'haleine, s'excusa-t-elle. C'est une vraie grimpette, par ce soleil, pour arriver jusqu'ici.

— Allez vous faire voir ! lança Viviane dans un hurlement sauvage. Pourquoi ne pouvez-vous pas vider votre sac, espèce de sale garce mielleuse, au lieu de me faire rôtir comme ça à petit feu ?

Claire parut atterrée, et Viviane s'empressa de se rétracter :

— Je ne pensais pas ce que je viens de dire. Je suis désolée, Claire. Je vous jure que je suis désolée. Ce qu'il y a... c'est que j'ai les nerfs en capilotade et que vous voir vous asseoir ici et me parler de la topographie et du temps... eh bien, ça m'a fait sortir de mes gonds.

— Vous finirez par sombrer dans la dépression, si vous n'y prenez pas garde, répliqua Claire, glaciale.

Viviane eut un rire bref :

— Par perdre pied ? Par atteindre le point de non-retour ? Non... ce n'est pas mon genre. Je ne deviendrai jamais timbrée. Seulement maintenant dites-moi... qu'est-ce que c'est que tout ce mic-mac ?

Silencieuse un moment, Claire se mit enfin à parler en regardant, non pas Viviane, mais obstinément la mer, au loin :

— J'ai estimé à tout prendre honnête de vous prévenir que je ne saurais garder plus longtemps le silence au sujet de... au sujet de ce qui s'est passé l'an dernier.

— Vous voulez dire... vous voulez dire que vous comptez aller débiter toute l'histoire à Gerald ?

— À moins que vous ne passiez aux aveux vous-même. Ce qui serait de très loin la meilleure solution.

Viviane partit d'un petit rire grinçant :

— Vous savez très bien que je n'aurai jamais le cran de faire ça.

Claire ne réfuta pas cette assertion. Elle avait déjà eu par le passé la preuve de l'irrémédiable couardise de Viviane.

— Ce serait de très loin la meilleure solution, répéta-t-elle néanmoins.

Là encore, Viviane laissa échapper son affreux petit rire.

— C'est votre précieuse conscience, j'imagine, qui vous dicte votre conduite ? railla-t-elle.

— Je conçois qu'à vous, la chose puisse paraître incongrue, riposta Claire, olympienne. Mais c'est, honnêtement, bien le cas.

Le visage blanc comme un linge, Viviane se pencha pour mieux observer les traits de son adversaire.

— Seigneur Dieu ! s'exclama-t-elle, stupéfaite. Mais c'est que, par-dessus le marché, vous croyez réellement ce que vous dites ! Vous êtes bel et bien persuadée que c'est la raison !

— C'*est* la raison.

— Alors, là, absolument pas. Si c'était le cas, vous auriez lâché le morceau plus tôt – il y a de ça longtemps. Pourquoi ne l'avez-vous pas fait tout de suite ? Non, ne répondez pas. Je vais vous le dire. Parce que vous avez pris beaucoup plus de plaisir à garder cette épée de Damoclès au-dessus de ma tête, voilà pourquoi. Vous avez aimé ça, me tenir sur les charbons ardents, me mettre au supplice et m'humilier. Vous m'avez dit... des horreurs... rien que pour me tourmenter et ne jamais me laisser une minute de répit. Et ça a marché pendant un bon moment... jusqu'à ce que je finisse par m'habituer.

— Vous en êtes venue à vous sentir en sécurité, grinça Claire.

— Vous vous en étiez rendu compte, pas vrai ? Mais ça ne vous avait quand même pas empêché de camper sur vos positions, de continuer à jouir de votre sentiment de puissance. Seulement tout à coup, nous nous en allions, nous vous échappions, peut-être même parviendrions-nous à être heureux – et ça, vous ne pouviez pas l'encaisser. Du coup, voilà votre conscience si commode qui se réveille !

Elle s'interrompit, haletante.

— Je ne saurais vous empêcher de débiter des extravagances, commenta Claire, toujours avec le même calme et la même hauteur. Mais je peux vous assurer que rien de tout cela n'est vrai.

Viviane lui fit soudain face et la prit par la main :

— Claire... pour l'amour de Dieu ! J'ai tenu parole... j'ai fait ce que vous m'aviez dit. Je n'ai pas revu Cyril... je vous le jure.

— Ça n'a rien à voir à l'affaire.

— Claire... ne connaissez-vous pas la pitié – l'indulgence ? Je vais me traîner à vos pieds...

— Dites-le vous-même à Gerald. Si vous le faites, il est possible qu'il vous pardonne.

Viviane eut un rire de mépris :

— Vous connaissez Gerald mieux que ça. Il va devenir enragé... vouloir se venger. Il va m'en faire baver... jouer des tours de cochon à Cyril. Et c'est surtout ça que je ne peux pas supporter. Écoutez, Claire... il est en train de si bien réussir. Il a inventé un truc... – la mécanique, c'est du chinois pour moi –, mais il se peut que ça fasse un triomphe. Il en est à la mise au point... grâce à l'argent de sa femme, bien sûr. Mais elle est soupçonneuse... jalouse. Si elle découvre ça, et c'est ce qui se passera à la minute où Gerald démarrera une procédure en divorce... elle lâchera Cyril... elle le laissera choir, lui, son travail, tout. Cyril sera un homme fini.

— Je ne songe pas un instant à Cyril, dit Claire. Je pense à Gerald. Pourquoi ne vous souciez-vous pas aussi un peu de lui ?

— Gerald ! Je m'en soucie comme... (Elle fit claquer ses doigts :) *Voilà* comment je me soucie de Gerald. Et je ne m'en suis jamais souciée plus que ça. Au point où nous en sommes, autant dire la vérité. Mais pour Cyril, oui, je me mettrais en quatre. Je suis une moins que rien, d'accord. Et je veux bien admettre qu'il ne vaut guère mieux. Mais ce que j'éprouve pour lui... ça, c'est *quelque chose*. S'il le fallait, je serais prête à mourir pour lui, vous m'entendez ? À mourir pour lui !

— De belles paroles, oui ! ricana Claire.

— Vous croyez que je ne pense pas ce que je dis ? Écoutez, si vous continuez avec vos manigances abjectes, je me tuerai. Plutôt ça que de voir Cyril mêlé à cette histoire et acculé au désastre.

Claire ne se montra guère impressionnée.

— Vous ne me croyez pas ? haleta Viviane.

— Se suicider exige une bonne dose de courage. Viviane vacilla comme si elle avait été frappée :

— Là, vous avez mis le doigt sur la plaie. Non, je n'ai rien dans le ventre. S'il y avait un moyen facile...

— Il existe, le moyen facile, et vous l'avez devant vous, ronronna Claire. Vous n'avez qu'à dévaler tout droit cette pente en courant. Ce sera terminé en moins de deux. Rappelez-vous ce gamin, l'an passé.

— Oui, acquiesça pensivement Viviane. Ce serait facile... tout ce qu'il y a de facile... pour celui qui aurait réellement envie de...

Claire se tordit de rire.

Viviane trouva encore la force de faire front :

— Vidons l'abcès une bonne fois pour toutes. Ne vous rendez-vous donc pas compte qu'après être restée bouche cousue comme vous l'avez fait pendant tout ce temps, vous n'avez... vous n'avez plus aucun droit de revenir sur la question ? Je ne reverrai jamais plus Cyril. Je serai une bonne épouse pour Gerald... je vous le jure. Ou alors préférez-vous que je m'efface et que je ne le voie plus jamais lui non plus ? À vous de choisir. Claire, je...

Claire se leva :

— Je vous conseille d'aller dire vous-même la vérité à votre époux – ou sinon... c'est moi qui le ferai.

— Je vois, murmura Viviane dans un souffle. Que voulez-vous, je ne peux pas supporter que Cyril ait à souffrir...

Elle se leva à son tour, resta un moment figée comme pour peser le pour et le contre, puis descendit en courant d'un pas léger jusqu'au sentier, mais là, au lieu de s'y arrêter, elle le traversa et se mit à dévaler la pente. Elle tourna une fois à demi la tête, le temps d'adresser gaiement à Claire un grand adieu de la main, puis tout aussi gaiement elle reprit sa course, légère, aérienne, comme peut courir une enfant, jusqu'à disparaître à la vue...

Claire en demeura pétrifiée. Et soudain elle entendit des cris, des hurlements, des gens qui s'égosillaient. Puis... le silence.

Faisant bien attention où elle mettait les

pieds, elle redescendit avec raideur jusqu'au sentier. Une centaine de mètres en contrebas, des promeneurs en groupe qui en avaient entrepris l'escalade s'étaient immobilisés. Les yeux agrandis par l'horreur, ils désignaient du bras un point. Claire courut les rejoindre.

— Oui, miss, quelqu'un est tombé du haut de la falaise. Deux hommes viennent de descendre... pour aller voir.

Elle attendit. Le fit-elle une heure, une éternité, ou seulement quelques minutes ?

Un homme grimpait avec peine le raidillon. C'était le pasteur, en manches de chemise. Sa veste avait servi à recouvrir ce qui s'était écrasé en bas.

— C'est horrible, dit-il, le visage blanc comme la craie. Dieu merci, la mort a dû être instantanée.

Apercevant Claire, il la rejoignit :

— Ce doit être pour vous un choc effroyable. Vous vous promeniez ensemble, d'après ce que j'ai compris ?

Claire s'entendit répondre comme un automate.

Oui. Elles venaient juste de se quitter. Non, le comportement de lady Lee avait jusque-là été absolument normal. L'un des membres du groupe intervint pour signaler que la jeune femme riait et faisait de grands signes de la main. Cet endroit était terriblement dangereux... il devrait y avoir une rambarde tout au long du sentier.

Le pasteur éleva de nouveau la voix :

— C'est un accident... oui, c'est indubitablement un accident.

Et là brusquement Claire hennit de rire – d'un rire rauque, enroué, que la falaise renvoya en écho.

— *C'est un foutu mensonge !* éructa-t-elle, l'écume aux lèvres. *C'est moi qui l'ai tuée !*

Elle sentit quelqu'un lui tapoter l'épaule, entendit une voix lénifiante :

— Allons, allons. Remettez-vous. Vous vous sentirez mieux sous peu.

Mais Claire ne se sentit pas mieux sous peu. Elle ne se sentit plus jamais mieux du tout. Elle persista dans son aberration – forcément une aberration, car huit personnes au moins avaient assisté à la scène – qui consistait à prétendre qu'elle avait tué Viviane Lee.

Elle fut malheureuse comme les pierres jusqu'à ce que l'infirmière Lauriston la prenne en charge. L'infirmière Lauriston obtenait des résultats remarquables avec les dérangés mentaux.

— Il ne faut pas les contrarier, les pauvres bougres, aimait-elle à répéter avec bonhomie.

Elle confia à Claire qu'elle était gardienne à la prison de Pentonville. La condamnation de Claire, lui expliqua-t-elle, venait d'être commuée en réclusion criminelle à vie. Une chambre fut transformée en cellule.

— Et maintenant je crois que nous allons nous sentir tout à fait heureuse et contente, déclara l'infirmière Lauriston au médecin. Des couteaux à bouts ronds si vous y tenez, docteur, mais je ne crois pas qu'il faille le moins du monde craindre un suicide. Ce n'est pas le genre. Beaucoup trop égocentrique. C'est drôle que ce soient ceux-là qui franchissent le plus facilement le point de non retour.

Traduit de l'anglais par Michel Averlant

Postface

« *Le Point de non-retour* » *fut publié pour la première fois dans* Pearson's Magazine *en février 1927, accompagné d'un commentaire suggestif de la rédaction indiquant que l'histoire avait été « écrite juste avant la récente maladie de cet auteur et sa mystérieuse disparition ». Tard dans la soirée du 3 décembre 1926, en effet, Agatha Christie quitta son domicile du Berkshire. Tôt le lendemain matin, sa voiture fut retrouvée, vide, à Newlands Corner, près de Shere, dans le Surrey. Policiers et volontaires fouillèrent la campagne environnante sans résultat, mais une semaine et demie s'écoula avant que divers membres du personnel d'un hôtel de Harrogate ne prennent conscience que la cliente qui occupait une chambre sous le nom de Theresa Neele était en fait la romancière disparue.*

Après le retour de sa femme, le mari d'Agatha Christie annonça à la presse qu'elle avait souffert d'une « perte totale de la mémoire », mais les circonstances entourant cet événement relativement mineur ont suscité de nombreuses conjectures au fil des ans. Au moment même de la disparition de Christie, Edgar Wallace, le fameux auteur de ce que les Anglais appelaient déjà à l'époque des « thrillers », remarqua dans un article de journal que, si toutefois elle n'était pas morte, elle « devait être bien en vie, en pleine possession de ses facultés, et se cacher probablement à Londres. Pour parler crûment, continue Wallace, son intention première semble avoir été de "contrarier" quelqu'un ». Neele était le nom de famille de la femme qui par la suite devint la seconde épouse d'Archibald Christie et l'on a suggéré que, après avoir abandonné sa voiture afin d'embarrasser son mari, Christie avait passé la nuit du 3 décembre avec des amis à Londres avant de se rendre à Harrogate. On a même suggéré que la disparition avait été mise en scène comme une espèce de bizarre canular publicitaire. Néanmoins, bien que certains aspects de l'incident demeurent obscurs, il n'existe pas la moindre preuve pour confirmer ces diverses « explications » parallèles qui, par conséquent, ne sont que vaines conjectures.

UNE AVENTURE DE NOËL

(*Christmas Adventure*)

D'énormes bûches flambaient joyeusement dans la cheminée et leur crépitement n'était couvert que par le brouhaha de six impénitents bavards pépiant à tue-tête. Les invités de la génération montante appréciaient leur Noël.

La vieille miss Endicott – tante Emily pour la majorité des participants – souriait à tant de gamineries.

— Je te parie que tu ne seras pas chiche d'ingurgiter six friands à la viande, Jane !

— Et moi je te parie bien que si !

— Non, tu caleras avant !

— Si tu manges comme un cochon, c'est toi qui auras droit d'office au cochon qu'il y aura dans le diplomate !

— N'empêche que j'en engloutirai trois parts aussi ! Trois parts de diplomate, *plus* trois parts de plum-pudding !

— En parlant de pudding, j'espère qu'il sera bon, s'inquiéta tout haut miss Endicott. Parce qu'il n'a été fait qu'il y a trois jours, alors que le pudding de Noël devrait être préparé bien longtemps à l'avance. Je me souviens que, quand j'étais enfant, j'étais persuadée que la dernière Collecte précédant l'Avent – « Mets-toi en branle, Seigneur, nous t'en supplions... » – revenait à donner en quelque sorte le signal qu'il était grand temps que tout le monde s'en aille en famille donner un tour de cuiller à la pâte !

85

Il y avait eu un entracte courtois tandis que miss Endicott discourait. Non que ces jeunes gens eussent été le moins du monde intéressés par ces réminiscences d'un temps révolu, mais parce qu'ils estimaient que la civilité puérile et honnête exigeait d'eux un semblant d'attention à l'égard de leur hôtesse. Sitôt qu'elle s'était interrompue, le brouhaha avait repris. Miss Endicott soupira et, en quête de sympathie, coula un regard au seul membre de l'assemblée dont l'âge avoisinait le sien : un petit homme à l'étrange crâne en forme d'œuf et à l'extravagante moustache en croc. La jeunesse n'est plus ce qu'elle était, songea miss Endicott. Dans le bon vieux temps, il y aurait eu un cercle de créatures muettes comme des carpes savourant les perles de sagesse égrenées par leurs aînés. Au lieu de quoi on avait désormais droit à ce babillage perpétuel, à ce ramassis d'inepties les trois quarts du temps incompréhensibles. Ils n'en demeuraient pas moins des jeunes gens et des adolescents charmants ! Ses prunelles s'adoucirent tandis qu'elle les passait en revue : Jane, grande et constellée de taches de rousseur ; la petite Nancy Cardell, avec sa sombre beauté de gitane ; les deux cadets en rupture de collège pour cause de vacances, Johnnie et Éric, ainsi que leur camarade Charlie Pease ; et puis la blonde et ravissante Evelyn Haworth... À penser au dernier des jeunes gens, son front se contracta un peu et ses yeux errèrent à la rencontre du plus âgé de ses neveux, Roger, qui, silencieux et morose dans son coin, ne participait pas à l'allégresse générale, trop occupé à garder les yeux rivés sur la jeune fille à l'exquise blondeur nordique.

— Mais je ne rêve pas, il neige à gros flocons ! s'exclama Johnnie en s'approchant de la fenêtre. Un vrai Noël blanc. Dites donc, si on organisait une bataille de boules de neige ? On a tout le temps avant le déjeuner, pas vrai, tante Emily ?

— Si, mon chéri. On ne passera pas à table avant 2 heures. Ce qui me rappelle que je ferais bien de me soucier du couvert.

Et elle se dépêcha hors de la pièce.

— Écoutez ! Et si on faisait un bonhomme de neige ? vociféra Jane.

— Oui, marrant ! Je sais : on va faire la statue en neige de M. Poirot. Vous entendez ça, monsieur Poirot ? Le célèbre détective, Hercule Poirot *soi-même*, modelé dans la neige par six éminents artistes !

Le petit homme enfoncé dans son fauteuil accompagna son hochement de tête d'un clignement d'œil complice.

— Mais faites-moi très beau, mes enfants, les en conjura-t-il. J'insiste là-dessus.

— Et comment !

La petite troupe disparut dans un tourbillon, renversant presque sur le seuil un majordome plein de dignité qui entrait avec une enveloppe sur un plateau d'argent. Lequel majordome, son calme recouvré, se dirigea vers Poirot.

Poirot prit l'enveloppe et l'ouvrit. Le majordome se retira. À deux reprises, le petit homme parcourut le billet qui lui était destiné, puis il le replia et l'enfouit dans sa poche. Pas un muscle de son visage n'avait tressailli et pourtant le texte du billet avait largement de quoi surprendre. Gribouillé d'une écriture d'analphabète sur un chiffon de papier poisseux, son message était le suivant : « *Mangez point z'une miette du plum-pudding.* »

— Très intéressant, murmura *in petto* M. Poirot. Et tout à fait inattendu.

Il regarda dans la direction de la cheminée. Evelyn Haworth n'était pas sortie avec les autres. Absorbée dans la contemplation des flammes, noyée dans ses pensées, elle tournait et retournait nerveusement la bague qu'elle portait à l'annulaire de la main gauche.

— Vous êtes perdue dans un rêve, mademoiselle, se décida bientôt à intervenir le petit homme. Et ce rêve n'est guère heureux, n'est-ce pas ?

Elle sursauta et lui rendit son regard d'un air incertain. Il dodelina de la tête, rassurant :

— C'est mon métier que de tout savoir. Non, vous n'êtes pas heureuse. Moi non plus, je ne suis pas très heureux.

Son anglais, pitoyable d'ordinaire, était rendu plus abominable encore par la peine éprouvée au point qu'il vaille mieux renoncer à le transcrire tel qu'il le bredouillait.

— Pourquoi ne nous confierions-nous pas nos peines ? poursuivit-il, engageant. J'ai, voyez-vous, l'immense douleur d'avoir perdu un mien ami, un ami de fort longue date, qui a pris la mer pour s'en aller émigrer en Amérique du Sud. Parfois, quand nous vivions ensemble, cet ami me faisait perdre patience, sa stupidité m'exaspérait ; mais maintenant qu'il est parti, je ne me souviens plus que de ses qualités. Ainsi va la vie, n'est-ce pas ? Et maintenant, mademoiselle, d'où vient votre chagrin à vous ? Vous n'êtes pas comme moi, vieille et solitaire... vous êtes jeune et belle ; et l'homme que vous aimez vous aime... oh ! si, je vous le garantis : je n'ai cessé de l'observer pendant cette dernière demi-heure.

La jeune fille s'empourpra :

— Vous songez à Roger Endicott ? Oh ! mais

vous faites erreur : ce n'est pas à Roger que je suis fiancée.

— Non, vous êtes fiancée à Mr Oscar Levering. Je le sais parfaitement. Mais pourquoi vous être fiancée à lui quand c'est un autre homme que vous aimez ?

Il y avait, dans la manière de Poirot, un mélange d'irrésistible gentillesse et de souveraine autorité qui empêcha la jeune fille de s'offusquer d'un tel discours.

— Racontez-moi tout cela par le menu, conseilla-t-il avec douceur, avant de conclure par la phrase qu'il avait déjà utilisée un peu plus tôt et dont la sonorité même était pour la jeune fille un curieux réconfort. C'est mon métier que de tout savoir.

— Je suis si malheureuse, monsieur Poirot... si épouvantablement malheureuse. Voyez-vous, nous étions autrefois très riches. J'étais censée être ce qu'il est convenu d'appeler une héritière, et Roger n'était qu'un fils cadet. Et... et bien que je puisse jurer qu'il était amoureux de moi, il n'en a jamais soufflé mot et s'est au contraire expatrié en Australie.

— C'est extravagant, la désinvolture avec laquelle on traite les mariages dans ce pays, commenta Poirot. Ni ordre. Ni méthode. Tout abandonné au hasard.

Evelyn poursuivit :

— Et puis un beau jour nous avons perdu tout notre argent. Ma mère et moi nous sommes retrouvées presque sans un sou. Nous avons déménagé pour une maison minuscule, où nous avions juste de quoi vivre. Seulement ma mère est tombée gravement malade. Sa seule chance de survie était de subir une lourde opération et de partir ensuite pour l'étranger afin d'y jouir d'un climat plus chaud. Or, nous n'avions pas d'argent pour ça, monsieur Poirot, nous n'avions pas d'argent pour ça ! Ce qui signifiait qu'elle allait mourir. Mr Levering avait déjà une ou deux fois demandé ma main. Il a réitéré sa demande en mariage en promettant de faire tout ce qui était humainement possible pour sauver ma mère. J'ai dit oui... qu'aurais-je pu faire d'autre ? Il a tenu parole. L'opération a été pratiquée par le plus grand chirurgien du moment, ensuite de quoi nous sommes parties passer l'hiver en Égypte. C'était il y a un an. Ma mère a guéri et retrouvé ses forces. Quant à moi... quant à moi, je vais épouser Mr Levering sitôt Noël passé.

— Je vois, intervint Poirot. Et dans le même temps, le frère aîné de M. Roger étant mort, ce pauvre garçon a réintégré le toit familial... pour y découvrir que son rêve ancien était brisé. Mais, n'importe comment, vous n'êtes pas encore mariée, mademoiselle.

— Une Haworth ne se dédit pas, monsieur Poirot, répliqua la jeune fille avec hauteur.

Tandis qu'elle parlait, la porte s'ouvrit et un gros homme au visage rubicond, aux yeux rusés trop rapprochés et au crâne chauve se dressa sur le seuil :

— Pourquoi restes-tu bouclée là à te morfondre, Evelyn ? Viens donc faire un tour.

— Très bien, Oscar.

Elle se leva avec indifférence. Poirot en fit autant et s'enquit courtoisement :

— Mlle Levering est-elle toujours souffrante ?

— Oui, je suis navré de vous dire que ma sœur est toujours au lit. C'est moche, d'être obligé de rester couché le jour de Noël.

— Ça l'est en effet, acquiesça poliment le détective.

Quelques instants suffirent à Evelyn pour

enfiler ses snow-boots et s'envelopper d'une écharpe, puis son fiancé et elle sortirent dans le parc endormi sous une couche de neige immaculée. C'était un jour de Noël idéal, avec un petit froid vif et le soleil qui brillait. Le reste de la compagnie s'affairait à l'érection du bonhomme de neige. Levering et Evelyn s'arrêtèrent pour les regarder.

— C'est beau, l'amour ! beugla Johnnie en leur lançant une boule de neige.

— Qu'est-ce que tu en penses, Evelyn ? s'égosilla Jane. M. Hercule Poirot, le grandissime détective.

— Attends qu'on lui ait collé ses moustaches, renchérit Éric. Nancy va se fendre d'une mèche pour les fabriquer. Hourrah pour les braves Belges ! Pan, pan, pan, pan !

— Un vrai détective en chair et en os à la maison, non mais vous vous rendez compte ?

Ça, ça émanait de Charlie, qui poursuivit :

— Ce que j'aimerais, maintenant, c'est qu'il y ait aussi un meurtre.

— Oh ! oh ! oh ! serina Jane en dansant. J'ai une idée. Concoctons-lui un meurtre... un pour de rire, je veux dire. Et voyons si ça prend. Oh ! faisons-le... ça va être un canular du tonnerre !

Cinq voix se mirent à débattre à la fois :

— Comment est-ce qu'on pourrait s'y prendre ?

— D'effroyables gémissements !

— Non, patate, ici dehors.

— Des empreintes de pas dans la neige, comme de bien entendu.

— Jane en chemise de nuit.

— Ça, on le fera avec de la peinture rouge.

— Dans ta main... et tu te l'appliques contre la tempe.

— Mince, ce serait quand même chouette d'avoir un revolver.

— Mais je te dis que grand-père et tante Emily n'entendront rien. Leurs chambres donnent sur l'autre côté.

— Mais non, il ne prendra pas ça mal. Il est brave type comme tout, ce vieux.

— Oui, mais quelle sorte de peinture rouge ? Vernie ?

— On devrait pouvoir en trouver au village.

— Pas un jour de Noël, ballot !

— Non, de la peinture à l'eau. Carmin.

— Jane peut faire le cadavre.

— Tant pis pour toi si tu as froid, ma vieille. Ça ne durera pas une éternité.

— Non, c'est Nancy qui peut le faire encore mieux. Nancy dans son pyjama affriolant.

— Allons voir si Graves ne saurait pas où traîne un restant de peinture.

Ce fut le signal d'une ruée générale en direction de la maison.

— On broie du noir, Endicott ? s'enquit Levering avec un rire déplaisant.

Roger s'arracha brusquement à son apathie. Il n'avait quasiment rien entendu de ce qui s'était passé.

— Je me posais des questions, répondit-il sobrement.

— Des questions ?

— Je me demandais ce que M. Poirot était au juste venu faire ici.

Levering parut tomber de haut. Mais le gong retentit à ce moment précis et tout le monde rentra pour le déjeuner de Noël. Les rideaux étaient tirés dans la salle à manger, et les lumières allumées illuminaient la longue table jonchée de papillotes, de diablotins et autres décorations variées. C'était un vrai déjeuner de

Noël à l'ancienne. Le maître du manoir, jovial et le teint enluminé, trônait à un bout de la table tandis que sa sœur lui faisait face à l'extrémité opposée. M. Poirot, quant à lui, avait revêtu un gilet rouge sous son veston afin de se montrer à la hauteur de l'événement et, avec son embonpoint joint à son habitude de tenir la tête de côté, faisait irrésistiblement penser à un rouge-gorge.

Le maître de céans découpa rapidement la volaille, et tout le monde se jeta dessus. Réduites à l'état de carcasses, les deux dindes – la rôtie et la bouillie – ne tardèrent pas à être enlevées au milieu d'un silence étouffé. Graves, le majordome, apparut alors dans toute sa gloire, portant bien haut le plum-pudding – un gigantesque pudding environné de flammes. Un brouhaha indescriptible salua son entrée.

— Vite ! Oh ! voilà ma part qui arrive. Grouillez-vous, Graves, parce que si ça ne flambe plus, mon vœu ne sera pas exaucé.

Personne n'eut le loisir de surprendre la curieuse expression de M. Poirot tandis qu'il tentait d'analyser du regard la portion de pudding posée devant lui. Personne ne remarqua non plus le coup d'œil acéré dont il balaya le reste des assiettes. Non sans quelque perplexité et avec un imperceptible froncement de sourcils, il commença à manger son pudding. Tout le monde autour de lui commençait à manger son pudding. Les conversations s'étaient faites plus discrètes. Mais soudain le maître du logis poussa une exclamation étranglée et porta la main à sa bouche.

— Sacrebleu, Emily ! rugit-il. Pourquoi diantre laissez-vous la cuisinière planter des morceaux de verre dans le pudding !

— Des morceaux de verre ? s'écria miss Endicott, abasourdie.

Le maître de ces lieux extirpa de sa bouche l'offensant objet.

— J'aurais pu me casser une dent dessus, fulmina-t-il. Ou l'avaler et me coller une appendicite.

Devant chaque convive était placé un rince-doigts destiné à recevoir la pièce de six pence, le bouton de col, le dé à coudre, le cochon précité et autres babioles dénichées dans le diplomate. Mr Endicott y laissa tomber son bout de verre et l'y rinça avant de le brandir.

— Saperlipopette ! s'exclama-t-il. Une pierre rouge tombée d'une de ces broches à quat'sous qu'on trouve dans les papillotes, les pochettes surprise et les diablotins !

— Vous permettez ?

D'un geste preste, M. Poirot la lui ôta des doigts avant de l'examiner avec un maximum d'attention. Comme le digne châtelain l'avait souligné, c'était une grosse pierre rouge, de la couleur d'un rubis. La lumière scintillait sur toutes ses facettes tandis qu'il la retournait dans sa paume.

— Mince, alors ! s'écria Éric. Vous vous rendez compte si ce caillou était vrai !

— Idiot ! le rabroua Jane avec mépris. Un rubis de cette taille-là, ça vaudrait des milliers et des milliers de milliers de... n'est-ce pas, monsieur Poirot ?

— C'est extraordinaire, le réalisme de certains de ces bijoux de pacotille ! s'extasia miss Endicott. *Mais comment est-ce que ce machin a bien pu atterrir dans le pudding ?*

Indubitablement, c'était la question de l'heure. On épuisa toutes les hypothèses. Seul M. Poirot ne souffla mot, se contentant, mine de rien et l'air de penser à autre chose, de laisser tomber la pierre dans sa poche.

Après déjeuner, il se rendit à la cuisine.

La cuisinière en fut toute tourneboulée. Se voir interrogée par un des invités pour les fêtes, et par un étranger qui plus est ! Mais elle fit de son mieux pour répondre à ses questions. Les puddings avaient été confectionnés trois jours plus tôt – « Le jour de votre arrivée, monsieur ». Tout le monde était descendu à la cuisine donner un tour de cuiller à la pâte et faire un vœu. Une vieille coutume... peut-être qu'ils n'avaient pas ça, à l'étranger ? Après les puddings avaient été cuits au bain-marie, ensuite on les avait alignés en rang d'oignons sur la plus haute étagère du garde-manger. Y avait-il eu quoi que ce soit de particulier qui distinguât ce pudding-là des autres ? Non, elle ne le pensait pas. Si ce n'est que celui-là était dans un moule à pudding en aluminium alors que les autres étaient dans des moules en porcelaine. S'agissait-il du pudding originellement prévu pour le déjeuner de Noël ? C'était drôle qu'il demande ça. Eh bien, non ! Le pudding pour le jour de Noël était toujours mis à cuire dans un grand moule de porcelaine décoré d'une frise de feuilles de houx. Mais il avait fallu que, le matin même (là, le visage de la cuisinière exprima toute l'étendue de son courroux), Gladys, la fille de cuisine, envoyée le chercher pour son bain-marie final, trouve le moyen de le laisser choir et de le casser. « Ce qui fait que, bien sûr, comme il aurait pu y avoir des éclats de porcelaine dedans, je ne l'ai pas envoyé à la salle à manger et que j'ai fait servir celui du moule en aluminium à la place. »

M. Poirot la remercia pour le renseignement. Et il remonta de la cuisine en se souriant à lui-même, comme s'il était satisfait de ce qu'il venait d'apprendre, tandis que les doigts de sa dextre jouaient avec on ne sait quoi au fond de sa poche.

— Monsieur Poirot ! Monsieur Poirot ! Quelque chose d'épouvantable est arrivé !

Ainsi parla Johnnie aux petites heures du lendemain matin. M. Poirot s'assit dans son lit. Il portait un bonnet de coton. Sans doute le contraste entre la dignité de son maintien et l'inclinaison canaille du bonnet à pompon était-il comique, toujours est-il que l'effet général sur Johnnie fut quelque peu disproportionné. N'était le tragique de son propos que l'on eût pu imaginer ce jeune homme au bord du fou rire. Des bruits curieux, passant à travers la porte, suggéraient eux aussi un siphon d'eau de Seltz en grande difficulté.

— Descendez avec moi tout de suite, poursuivit Johnnie d'une voix un tantinet entrecoupée. Quelqu'un a été tué, ajouta-t-il en se détournant judicieusement.

— Ha ha ! voilà qui est grave ! acquiesça M. Poirot.

Il se leva et, sans se presser indûment, effectua une toilette sommaire. Puis il descendit l'escalier à la suite de Johnnie. Les invités de la jeune génération étaient agglutinés autour de la porte ouvrant sur le jardin. Tous affichaient une intense émotion. À la vue du détective, Éric fut saisi d'une violente quinte de toux.

Jane fit un pas en avant et posa la main sur le bras de M. Poirot.

— Regardez ! fit-elle en pointant un index dramatique par la porte grande ouverte.

— Seigneur Dieu ! s'exclama M. Poirot. On se croirait au théâtre.

Ce commentaire n'était pas incongru. La

neige était tombée en abondance pendant la nuit et le paysage tout entier, noyé dans le blanc, semblait fantomatique dans les premières lueurs de l'aube naissante. L'épais manteau s'étendait, immaculé, si l'on exceptait ce qui avait tout l'air d'une flaque rouge.

Nancy Cardell gisait inanimée dans la neige. Vêtue de son seul pyjama de soie écarlate, elle avait les pieds nus et les bras écartés. Sa tête, tournée de côté, était cachée par la masse éparse de ses cheveux noirs. Elle reposait immobile comme la mort elle-même et de son flanc gauche émergeait la poignée d'une dague tandis que sur la neige la flaque allait s'élargissant.

Poirot s'avança dans la neige. Il ne se dirigea pas vers le cadavre de la jeune fille, préférant s'en tenir judicieusement à l'allée. Deux séries de traces de pas, celles d'un homme et d'une femme, menaient à l'endroit où s'était déroulée la tragédie. Seules les traces de l'homme ramenaient vers la maison. Planté au bord de l'allée, Poirot se tapota pensivement le menton.

Soudain, Oscar Levering bondit hors de la maison.

— Tonnerre de Dieu ! s'écria-t-il. Qu'est-ce que c'est que ça ?

Son agitation était en totale contradiction avec le calme funèbre observé par tous les autres.

— Ça m'a tout l'air... marmonna M. Poirot, songeur. Ça m'a tout l'air d'un meurtre.

Éric eut une nouvelle et violente quinte de toux.

— Mais il faut faire quelque chose ! s'époumona le nouvel arrivé. Qu'est-ce qu'on peut faire ?

— Je ne vois qu'une seule mesure à prendre, décréta M. Poirot. Appeler la police.

— Oh ! s'écria tout le monde à la ronde.

M. Poirot promena sur la petite troupe son regard inquisiteur.

— Je n'en vois pas d'autre, insista-t-il. C'est la seule chose à faire. Qui va s'en charger ?

Il y eut un silence, puis Johnnie s'avança.

— On laisse tomber le canular, déclara-t-il. Ma parole, monsieur Poirot, j'espère que vous ne nous en voudrez pas trop. C'est une blague, voyez-vous... qu'on a montée ensemble... pour vous mener en bateau. Nancy ne fait rien que simuler.

M. Poirot le considéra sans émotion apparente, si l'on excepte ses yeux, qui cillèrent un instant.

— Vous avez voulu me tourner en ridicule, c'est bien ça ? s'enquit-il, placide.

— Je suis vraiment horriblement confus, je vous jure. On n'aurait jamais dû faire ça. C'est d'un affreux mauvais goût. Je vous présente mes excuses, mes plus plates excuses.

— Vous n'avez pas à m'en présenter, fit M. Poirot d'une voix soudain étrange.

Johnnie se détourna.

— Bon sang, Nancy, relève-toi ! cria-t-il. Tu ne vas pas passer la journée là !

Mais la silhouette affalée sur le sol ne bougea pas.

— Relève-toi ! répéta-t-il, criant un peu plus fort encore.

Nancy ne bougea toujours pas, et un soudain sentiment d'horreur sans nom s'empara du garçon. Il prit Poirot à témoin :

— Qu'est-ce que... qu'est-ce qui se passe ? Pourquoi ne se relève-t-elle pas ?

— Venez avec moi, lui jeta Poirot d'un ton bref.

Il s'engagea à grands pas dans la neige. D'un geste de la main, il avait fait signe aux autres de reculer, et il prenait bien garde de ne pas brouiller les empreintes précédentes. L'adolescent le suivait, incrédule et néanmoins épouvanté. Poirot s'agenouilla dans la neige et fit signe à Johnnie :

— Tâtez-lui la main et prenez-lui le pouls.

Un peu hébété, le garçon se pencha en avant, puis recula d'un bond en hurlant. Le bras et la main étaient raides et glacés, aucune trace de pouls n'était plus perceptible.

— Elle est morte ! hoqueta-t-il. Mais comment ? Pourquoi ?

M. Poirot négligea la première partie de la question.

— Pourquoi ? murmura-t-il d'un ton rêveur. Je me le demande.

Puis, se penchant brusquement par-dessus le corps de la jeune fille, il lui écarta les doigts de l'autre main, crispés sur quelque chose. Tous deux, l'adolescent et lui, poussèrent une exclamation. Au creux de la paume de Nancy une pierre rouge étincelait de tous ses feux.

— Ha ha ! s'écria M. Poirot tandis que, vive comme l'éclair, sa main plongeait dans sa poche pour en rejaillir vide.

— Le rubis de pacotille, murmura Johnnie, songeur.

Puis, comme son compagnon se penchait pour examiner la dague et la neige tachée de rouge, il poursuivit un ton plus haut :

— Mais ce n'est pas du sang, monsieur Poirot. C'est de la peinture. Ce n'est rien que de la peinture.

Poirot se redressa.

— Oui, acquiesça-t-il tranquillement. Ce n'est que de la peinture.

— Mais alors comment...

La voix de l'adolescent se brisa. Poirot acheva la phrase pour lui :

— Comment a-t-elle été tuée ? Cela, il va nous falloir le découvrir. A-t-elle bu ou mangé quelque chose ce matin ?

Tout en parlant, il avait regagné l'allée, Johnnie sur ses talons.

— Elle n'a pris qu'une tasse de thé, répondit le garçon. C'est Mr Levering qui la lui avait préparée. Il a un réchaud à alcool dans sa chambre.

La voix de Johnnie avait sonné haut et clair. Levering ne put manquer d'entendre les derniers mots.

— Il faut toujours avoir un réchaud à alcool avec soi, pontifia-t-il. C'est l'objet le plus pratique du monde. Ma sœur, qui répugne à déranger tout le temps le personnel, s'est beaucoup félicitée de l'avoir au cours de ce séjour.

Les yeux de M. Poirot tombèrent, presque par mégarde sembla-t-il, sur les pieds de Mr Levering, chaussés dans des pantoufles.

— Vous avez ôté vos bottines, à ce que je constate, murmura-t-il suavement.

Levering le foudroya du regard.

— Mais, monsieur Poirot, gémit Jane, qu'est-ce que nous allons faire ?

— Il n'y a qu'une chose à faire, comme je l'ai dit il y a peu, mademoiselle. Appeler la police.

— J'y vais ! s'écria Levering. Enfiler mes bottines ne me prendra que deux secondes. Vous autres, vous feriez mieux de ne pas rester là dans le froid.

Il disparut à l'intérieur de la maison.

— Il est tellement attentionné, ce Mr Levering, marmonna tout bas Poirot. Ne suivrons-nous pas ses conseils ?

— Est-ce qu'il ne faudrait pas réveiller père et... et tout le monde ?

— Non, trancha Poirot. C'est tout à fait inutile. Jusqu'à l'arrivée de la police rien ici ne doit être touché ; aussi pourquoi ne pas rentrer à l'abri ? Où nous réunirons-nous ? Dans la bibliothèque ? J'ai en effet une petite histoire à vous raconter qui vous distraira peut-être de cette bien affligeante tragédie.

Il ouvrit la marche et ils le suivirent.

— C'est l'histoire d'un rubis, préluda-t-il en se blottissant au plus profond d'un fauteuil moelleux. Un rubis archi-célèbre qui appartenait à un archi-célèbre personnage. Je ne vous dirai pas son nom... mais il compte parmi les grands de ce monde. Adoncques, figurez-vous que ce grand homme est arrivé à Londres il y a peu. Mais tout grand qu'il soit, il n'en est pas moins jeune et sot au point de s'être aussitôt laissé emberlificoter par une jolie jeune personne. Laquelle jolie jeune personne s'intéressait bien moins à l'homme qu'à ce qu'il possédait... tant et si bien qu'elle disparut un beau matin avec le rubis chargé d'histoire qui appartenait à la dynastie depuis des générations. Je vous laisse imaginer l'embarras de notre infortuné jeune homme. D'autant qu'il doit sous peu épouser une noble princesse et qu'il ne peut se permettre le moindre scandale. Dans l'impossibilité de faire appel à la police, c'est moi, Hercule Poirot, qu'en dernier recours il est venu trouver. « Récupérez-moi mon rubis ! » m'a-t-il exhorté. Or il se trouve, tenez-vous bien, que j'en sais long sur la jeune personne en question. Elle a un frère et, à eux deux, ils ont à leur actif bon nombre d'assez jolis coups. J'apprends de surcroît chez qui ils vont descendre pour Noël. Grâce à la gentillesse de Mr Endicott, que j'ai la chance d'avoir rencontré, je me vois, moi aussi, prié à la fête. Mais quand la jolie jeune personne apprend mon arrivée, la panique la saisit. Elle est intelligente, et sait que je suis le rubis à la trace. Il faut qu'elle le mette immédiatement en lieu sûr. Et où croyez-vous qu'elle va le cacher ? Dans un plum-pudding ! Oui, vous êtes en droit de pousser des oh ! et des ah ! Elle est admise, voyez-vous, au tour de cuiller dans la pâte que donne toute la maisonnée, et elle l'introduit subrepticement dans le moule en aluminium qui a pour elle le mérite d'être différent des autres. Et par une étrange facétie du hasard, c'est ce pudding-là qu'on allait servir au déjeuner de Noël.

Oublieux de la tragédie pour l'instant, tous le dévisageaient, bouche bée.

— Après cela, poursuivit le petit Belge, elle décida de s'aliter. (Il sortit sa montre et la consulta :) La maisonnée commence à s'agiter. Mr Levering est bien long à nous ramener la police, ne trouvez-vous pas ? Je gage que sa sœur sera partie avec lui.

Les yeux rivés sur Poirot, Evelyn bondit sur ses pieds en poussant un cri.

— Je serais également prêt à parier qu'il ne reviendra pas. À naviguer trop près du vent depuis bien longtemps, Oscar Levering a fini par se faire prendre dans la tourmente. Sa sœur et lui n'ont plus d'autre ressource que de s'en aller exercer un temps leurs talents à l'étranger et sous des noms d'emprunt. Je lui ai, ce matin, fait tour à tour goûter à la tentation et fichu la frousse de son existence. Et ce en écartant ostensiblement toute idée qu'il pourrait rentrer en possession du rubis tandis que nous aurions regagné la maison et qu'il serait, lui, censé courir chercher la police. Ce qui lui imposait néanmoins de brûler ses vaisseaux. Cela dit, étant donné l'inculpation de meurtre que nous faisions peser sur ses épaules, la fuite semblait clairement sa seule chance de salut.

— Est-ce qu'il a tué Nancy ? souffla Jane.

Poirot se leva.

— Et si nous retournions tirer ce point au clair sur les lieux mêmes du crime ? suggéra-t-il.

Il leur montra le chemin et ils l'escortèrent. Mais un hoquet de stupeur leur échappa à tous une fois atteint le seuil de la maison. De la tragédie, plus aucune trace ne subsistait. Seule demeurait la neige, vierge et immaculée.

— Crénom d'une pipe ! s'étrangla Éric en manquant la première marche. On n'a quand même pas tous rêvé, non ?

— C'est ahurissant, voulut bien admettre M. Poirot. Nous voici face au Mystère du Cadavre envolé, ajouta-t-il, une petite étincelle de malice au fond des yeux.

Subitement soupçonneuse, Jane le prit à partie :

— Monsieur Poirot, vous n'avez pas... vous n'êtes pas... Je veux dire, vous ne vous êtes pas payé notre tête à tous depuis le début, quand même ? Oh ! je suis persuadée que si !

— C'est vrai, ma chère petite. Je savais tout de votre petit plan, voyez-vous, aussi ai-je organisé une contre-offensive à ma façon. Ah ! voici Mlle Nancy... et bien remise, je l'espère, après sa remarquable participation à la comédie.

C'était en effet Nancy Cardell en chair et en os, les yeux brillants et toute sa petite personne respirant vigueur et bonne santé.

— Vous n'avez pas pris froid ? Vous avez bu la tisane que j'avais fait envoyer dans votre chambre ? voulut s'en convaincre Poirot, accusateur.

— J'en ai bu une gorgée et ça a été plus qu'assez. Je me porte comme un charme. Est-ce que je m'en suis bien tirée, monsieur Poirot ? Oh ! j'ai encore mal au bras après ce garrot que vous m'avez fait mettre !

— Vous avez été sensationnelle, ma chère petite. Mais ne devons-nous pas quelques explications aux autres ? Ils nagent encore en plein brouillard, je m'en rends bien compte. Voyez-vous, mes chers enfants, je suis allé trouver Mlle Nancy pour lui dire que je savais tout de votre petit complot et lui demander si elle consentirait à jouer pour moi un rôle bien défini. Elle s'en est débrouillée à merveille. Elle a amené Mr Levering à lui préparer une tasse de thé, et s'est en outre arrangée de telle sorte que le sort le désigne pour aller laisser ses empreintes dans la neige. Aussi, le moment venu et quand il s'est dit que, par on ne sait quelle fatalité, elle était bel et bien morte, avais-je entre les mains matière à le terroriser. Que s'est-il passé, mademoiselle, après que nous avons regagné la maison ?

— Il est descendu dare-dare avec sa sœur, m'a arraché le rubis de la main et ils ont filé ventre à terre.

— Mais, dites donc, monsieur Poirot, et le rubis ? s'indigna Éric. Vous n'allez pas nous dire que vous les avez laissés filer avec !

Face à six paires d'yeux accusateurs, le visage de Poirot s'allongea.

— Je peux encore le récupérer, articula-t-il faiblement, tout en mesurant à quel point il avait chuté dans leur estime.

— Non, mais ce n'est pas croyable ! fulmina

Johnnie. Les laisser prendre le large avec ce rubis...

Mais Jane était plus futée.

— Il nous fait encore marcher ! s'égosilla-t-elle. Pas vrai, monsieur Poirot ?

— Cherchez dans ma poche gauche, mademoiselle.

Jane y plongea la main, l'en ressortit avec un cri de triomphe et brandit l'énorme rubis scintillant de tous ses feux incarnats.

— Voyez-vous, expliqua Poirot, l'autre était une réplique en verroterie que j'avais apportée de Londres avec moi.

— Est-ce que vous aviez déjà vu quelqu'un d'aussi intelligent ? se pâma Jane, en extase.

— Il y a quand même encore un truc que vous ne nous avez pas dit, récrimina soudain Johnnie. Comment est-ce que vous avez su qu'on vous montait un canular ? C'est Nancy qui a vendu la mèche ?

Poirot secoua la tête.

— Alors comment l'avez-vous appris ?

— C'est mon métier que de tout savoir, déclara M. Poirot, souriant un peu en voyant Evelyn Haworth et Roger Endicott s'éloigner main dans la main.

— Oui, mais dites-le nous quand même. Oh ! dites-le nous, je vous en supplie ! *Cher* monsieur Poirot, s'il vous plaît, dites-le nous !

Il était entouré par un cercle de visages enfiévrés.

— Vous tenez vraiment à ce que je résolve pour vous ce mystère ?

— *Oui* !

— Je ne crois pas que je puisse.

— Pourquoi ?

— Ma foi, vous seriez trop déçus.

— Oh ! dites-le nous ! Comment avez-vous bien pu savoir ?

— Eh bien, voyez-vous, j'étais dans la bibliothèque...

— Oui ?

— Et vous discutiez vos plans juste sous la fenêtre... alors que le vantail du haut était ouvert.

— C'est tout ? fit Éric, écœuré. C'est bête comme chou.

— N'est-ce pas ? fit M. Poirot avec un grand sourire.

— N'empêche, fit Jane avec satisfaction, que nous savons maintenant tout.

« Voire, marmotta intérieurement Poirot en regagnant la maison. *Moi*, je ne sais pas tout... moi, dont c'est le métier que de tout savoir. »

Et, pour la vingtième fois peut-être, il tira de sa poche un chiffon de papier poisseux.

« *Mangez point z'une miette du plum-pudding.* »

Perplexe, M. Poirot secoua la tête. Au même moment, il prit conscience d'une sorte de halètement singulier au niveau de ses pieds. Il regarda par terre et y découvrit une petite créature en robe-tablier à fleurs. De la main gauche, elle tenait un ramasse-poussière et, de la droite, une balayette.

— Qui donc êtes-vous, mon enfant ? s'émut Poirot.

— Annie 'Icks pour vous servir, m'sieur, c'est moi que j'donne un coup de main à la femme de chambre.

M. Poirot eut une inspiration subite. Il lui tendit le chiffon de papier :

— C'est vous qui avez écrit ça, Annie ?

— J'pensais pas à mal, m'sieur.

Il lui sourit :

— Bien sûr que non. Mais si vous me racontiez tout ça ?

— C'était ces deux-là, m'sieur... Mr Levering et puis sa sœur. Personne y pouvait les souffrir, m'sieur ; et puis al' était pas malade pour deux sous... ça on peut tous vous l'dire. C'qui fait que j'me suis pensé comme ça qu'y s'passait des choses bizarroïdes, et j'm'en vas vous l'dire tout net, m'sieur : j'ai écouté à leur porte, même que j'ai entendu qu'y lui disait comme ça : « Ce Poirot, faut qu'y débarrasse le plancher l'plus vite possib'. » Et puis il lui a fait aussi, l'air de pas plaisanter : « Où c'est'y qu'tu l'as mis ? – Dans l'pudding, qu'al' lui a répondu. » C'qui fait qu'j'ai compris qu'y voulaient vous empoisonner avec le pudding de Noël et que j'savais point quoi faire. La cuisinière, al' aurait pas écouté quéqu'un comme moi. Et puis j'me suis pensé qu'j'allais vous écrire un mot de billet et puis le mettre dans le hall où c'est que Mr Graves serait sûr de l'voir et de vous l'porter.

Annie s'interrompit, hors d'haleine. Et Poirot la contempla pensivement un bon moment.

— Vous lisez trop de romans pour midinettes, Annie, décréta-t-il enfin. Mais vous avez bon cœur et une certaine dose d'intelligence. Quand je retournerai à Londres, je vous enverrai un excellent livre sur les arts ménagers, ainsi que *la Vie des Saints* et un ouvrage sur le rôle économique de la femme.

Abandonnant une Annie haletant de plus belle, il tourna les talons pour traverser le hall. Il avait projeté de se rendre à la bibliothèque, mais il y entrevit, par la porte ouverte, une tête brune et une tête blonde fort proches l'une de l'autre, et il resta planté là où il se trouvait.

Soudain, deux bras lui enlacèrent le cou.

— Si vous vouliez bien vous arrêter un instant avec moi sous le gui ! le pria Jane.

— Et avec moi aussi ! le supplia Nancy.

M. Poirot obtempéra et ne le regretta pas... ne le regretta vraiment pas un instant.

Traduit de l'anglais par Michel Averlant.

Postface

« *Une aventure de Noël* » *parut pour la première fois dans* The Sketch *le 12 décembre 1923 en clôture de la série de nouvelles publiées sous le titre collectif* « *Les Petites Cellules grises de M. Poirot* ». *Elle fut rééditée au cours des années 40 dans deux recueils éphémères,* Problème à Pollensa Bay *et* Poirot connaît l'assassin *avant d'être, bien des années plus tard, développée par Christie pour devenir une longue nouvelle. Sous cette forme, elle fut incluse dans* Christmas Pudding et autres surprises du chef *(1960).*

Dans l'avant-propos de ce recueil, Christie décrivait comment l'histoire lui rappelait les Noëls de sa jeunesse que sa mère et elle avaient passés, après la mort de son père en 1901, à Abney Hall. Abney avait été construit par sir James Watts, ancien lord-maire de Manchester et grand-père de James Watts, le mari de la sœur aînée de Christie, Madge. Dans son Autobiographie, *publiée en 1977, Christie décrit Abney Hall comme* « *un endroit merveilleux pour passer Noël lorsqu'on était enfant. Non seulement c'était une énorme demeure gothique victorienne avec quantité de pièces, de passages, d'escaliers inattendus, d'escaliers de services, d'escaliers principaux, d'alcôves, de niches – tout ce dont un enfant pouvait rêver –, mais il y avait aussi trois pianos différents sur lesquels on pouvait jouer, ainsi qu'un orgue ».* Ailleurs, elle évoque *« les tables ployant sous le poids de la nourriture et l'hospitalité généreuse... il y avait une réserve ouverte à tous dans laquelle chacun pouvait se servir en chocolats et toutes sortes de friandises quand l'envie lui en prenait ».* Et, quand Agatha ne mangeait pas – généralement en concurrence avec le jeune frère de James Watts, Humphrey –, elle jouait avec lui, ses frères Lionel et Miles et leur sœur Nan. Peut-être pensait-elle à eux lorsqu'elle mit en scène les enfants de cette nouvelle et la joie qu'ils éprouvèrent, un jour de Noël enneigé, d'avoir *« un vrai détective en chair et en os à la maison ».*

LE DIEU SOLITAIRE

(*The Lonely God*)

Il était posé sur une étagère du British Museum, seul et abandonné au sein d'une assemblée de divinités manifestement beaucoup plus importantes. Alignés sur les quatre murs de la salle, ces personnages du meilleur rang semblaient tous s'enfler de leur écrasante supériorité. Le piédestal de chacun, dûment gravé, portait mention de la contrée et de la peuplade qui s'étaient honorées de les posséder. Aucun doute n'était permis quant à leur place dans la hiérarchie ; c'étaient là des divinités de premier plan et reconnues comme telles.

Seul le petit dieu dans son coin se trouvait à l'écart et exclu de leur compagnie. Grossièrement taillé dans de la pierre grise, les traits presque totalement érodés par les injures du temps, il demeurait confiné dans son isolement, les coudes sur les genoux et la tête enfouie dans les mains ; pauvre petit dieu solitaire, exilé en terre étrangère.

Nulle inscription n'était là pour indiquer son pays d'origine. Il était indubitablement perdu, privé d'honneurs comme de renommée, petite silhouette pathétique égarée à mille lieues de chez lui. Personne ne le remarquait, personne ne s'arrêtait pour lui accorder l'aumône d'un regard. Pourquoi l'aurait-on fait ? Il était tellement insignifiant, ce bloc de pierre grise oublié dans un coin. De part et d'autre se dressaient

113

deux dieux mexicains polis par les siècles, idoles imperturbables aux mains fermées et dont la bouche cruelle aux lèvres arquées dans un sourire affichait ostensiblement leur mépris de l'humanité. Il y avait aussi un petit dieu au poing fermé, emphatique, outrecuidant, et souffrant à n'en pas douter d'hypertrophie de l'ego. Mais les visiteurs s'arrêtaient parfois pour lui jeter un coup d'œil, ne fût-ce que pour rire du contraste de son absurde suffisance face à la souriante indifférence de ses compagnons mexicains.

Quant au petit dieu égaré en ces lieux, il resta désespérément seul, la tête dans les mains, ainsi qu'il l'avait fait de toute éternité, jusqu'à ce qu'un beau jour l'impossible se produise et qu'il se découvre... un adorateur.

— Du courrier pour moi ?

Le concierge tira une poignée de lettres d'un casier, les parcourut d'un bref coup d'œil et annonça d'une voix sans expression aucune :

— Rien pour vous, monsieur.

Frank Oliver soupira en ressortant de son club. Il n'y avait aucune raison pour qu'il y ait eu quoi que ce fût pour lui. Très peu de gens lui écrivaient. Depuis son retour de Birmanie, au printemps, il avait pu mesurer l'étendue de la solitude dans laquelle il s'enfonçait un peu plus chaque jour.

La quarantaine tout juste derrière lui, Frank Oliver avait passé les dix-huit dernières années de son existence un peu partout autour du globe, avec de brefs congés en Angleterre. Et il avait fallu qu'il prenne sa retraite et regagne une bonne fois ses pénates pour découvrir à quel point il avait toujours été seul au monde.

D'accord, il y avait bien sa sœur Greta, mariée

à un ecclésiastique du Yorkshire, fort occupée par ses obligations paroissiales et par l'éducation de sa nombreuse marmaille. Greta aimait tout naturellement beaucoup son unique frère mais, tout aussi naturellement, avait fort peu de temps à lui consacrer. Et puis il y avait aussi son vieux copain de toujours, Tom Hurley. Tom était marié à une fille merveilleuse, adorable, épatante, bourrée d'énergie, de joie de vivre et de sens pratique – et dont Frank avait en secret infiniment peur. Elle lui répétait sur tous les tons qu'elle ne tolérerait pas qu'il finisse dans la peau d'un vieux garçon acariâtre et ne cessait de lui dénicher des « filles bien ». Frank Oliver était hélas conscient de ne jamais savoir quoi dire à ces « filles bien », lesquelles se cramponnaient à lui un temps, avant de le considérer très vite comme un cas désespéré.

Et pourtant il n'était pas réellement insociable. Il se languissait d'affinité élective et de compagnie, et il avait bien conscience, depuis son retour en Angleterre, des inquiétants progrès de son découragement. Il était resté parti trop longtemps, il n'était plus au diapason de son époque. Ses interminables journées, il les passait à errer sans but tout en se demandant ce à quoi diable il pourrait bien s'occuper la minute d'après.

Ce fut au cours d'une de ces journées que ses pas le menèrent au British Museum. Il s'intéressait aux curiosités extrême-orientales et c'est ce qui le fit tomber par hasard sur le dieu solitaire. Son charme le retint aussitôt. C'était là un objet qui lui était, pourrait-on dire, apparenté. C'était là quelqu'un d'aussi perdu et égaré que lui dans un pays qu'il ne reconnaissait pas. Il prit l'habitude de se rendre souvent au Museum, rien que pour y couver du regard la petite silhouette de

115

pierre grise dans son obscur recoin sur l'étagère du haut.

« Sacré purgatoire pour mon petit copain, déplorait-il en lui-même. Dire qu'il fut un temps où on s'est probablement livré à tout un tas de salamalecs autour de lui, prosternations, prosternements, offrandes et tout ce qui s'ensuit. »

Il en était venu à s'adjuger un tel droit de propriété sur son petit ami (cela équivalait presque à une sensation de possession effective) qu'il faillit bien manifester un légitime courroux quand il s'aperçut que le petit dieu avait fait une seconde conquête. C'était *lui* qui avait découvert le dieu solitaire ; personne d'autre, estimait-il, n'était autorisé à s'immiscer dans leur intimité.

Mais après le premier sursaut d'indignation, force lui fut de se sourire à lui-même. Car ce second adorateur n'était à tout prendre qu'un pauvre et insignifiant petit bout de chou d'adoratrice, une misérable et pathétique créature engoncée dans un manteau noir élimé et une jupe qui avait connu des jours meilleurs. Elle était jeune – un peu plus de vingt ans, jugea-t-il –, blonde, avec des yeux bleus et une moue désenchantée au coin des lèvres.

Le chapeau qu'elle portait en appela tout particulièrement à ses vertus chevaleresques. Elle l'avait manifestement conçu elle-même et il témoignait d'une si vaillante tentative de coquetterie que le ratage n'en était que plus pathétique. C'était de toute évidence une jeune personne de la bonne société, encore que vivant dans la misère, et il décida aussitôt dans sa tête qu'elle était gouvernante et seule au monde.

Il découvrit bientôt que ses jours de visite au dieu étaient les mardis et jeudis, et qu'elle arrivait ponctuellement à 10 heures, dès l'ouverture du Museum. Si une telle intrusion ne lui plut guère dans les débuts, elle se mit néanmoins à représenter peu à peu le principal centre d'intérêt de son existence monotone. En fait, l'*alter ego* en dévotion ne tarda pas à détrôner l'objet même de ladite dévotion. Les jours où il ne voyait pas la « Petite Damoiselle solitaire », comme il l'appelait à part lui, ne valaient plus guère la peine d'être vécus.

Sans doute s'intéressait-elle elle aussi à lui dans les mêmes proportions, bien qu'elle s'efforçât de le cacher sous de laborieux airs détachés. Toujours est-il qu'un sentiment de communauté d'âmes croissait petit à petit entre eux, encore qu'ils n'aient jusque-là échangé aucune parole. Le vrai de l'affaire, c'est que le bougre était trop timide ! Il s'opposait à lui-même l'argument qu'elle ne l'avait, selon toute vraisemblance, même pas remarqué (certains signaux de perception interne se chargeaient de démentir aussitôt ce genre d'assertion), qu'elle jugerait cela de la dernière impertinence, et, tout bien réfléchi, qu'il n'avait pas la moindre idée de ce qu'il pourrait lui dire.

Mais le destin dans son infinie bonté – à moins que ce ne fût le petit dieu – lui envoya une inspiration... ou ce qu'il considéra comme telle. Infiniment ravi de sa propre ingéniosité, il fit l'emplette d'un mouchoir de femme, fragile petit carré de batiste et de dentelle qu'il n'osa presque pas toucher, et, ainsi armé, la suivit quand elle tourna les talons et s'en fut l'intercepter dans la salle des antiquités égyptiennes :

— Pardonnez-moi, mais ceci ne vous appartient-il pas ?

Il avait essayé de s'exprimer avec un détachement frisant la désinvolture, mais l'échec était cuisant.

La Damoiselle solitaire prit l'objet et affecta de l'examiner avec un soin méticuleux :

— Non, il n'est pas à moi.

Elle le lui rendit en ajoutant, avec ce que sa conscience coupable lui fit prendre pour un regard soupçonneux :

— Il est tout neuf. Le prix est encore dessus.

Peu disposé cependant à admettre qu'il avait été percé à jour, il se lança dans un flot d'explications trop belles pour être plausibles :

— Voyez-vous, je l'ai ramassé sous ce grand casier. Il se trouvait juste à côté du pied le plus éloigné, là-bas tout au fond.

Il semblait tirer un grand réconfort de ce compte rendu détaillé :

— Ce qui fait que, comme vous vous étiez tenue là, je me suis dit que ce devait être le vôtre et vous ai rattrapée pour vous le remettre.

Elle répéta :

— Non, il n'est pas à moi.

Et, comme si elle redoutait de s'être montrée peu aimable, elle ajouta :

— Merci.

La conversation menaçait de finir en queue de poisson. La jeune fille restait plantée là, rosissante et embarrassée, ne sachant apparemment point trop comment battre en retraite sans perdre sa dignité.

Il fit un effort désespéré pour tirer parti de l'occasion offerte :

— Je... je ne savais pas, jusqu'à ce que vous veniez, que quelqu'un d'autre, à Londres, s'intéressait à *notre* petit dieu solitaire.

Oubliant toute réserve, elle s'enquit avec avidité :

— Vous aussi, vous l'appelez comme ça ?

Si elle avait remarqué le pluriel qu'il avait utilisé, elle ne s'en formalisait manifestement pas.

La sympathie leur était arrivée comme la foudre et le tranquille « Bien évidemment ! » qu'il prononça leur parut à tous deux la réplique la plus naturelle du monde.

De nouveau il y eut un silence, mais cette fois né de la connivence.

Ce fut la Damoiselle solitaire qui reprit soudain pied la première dans l'univers des conventions.

Elle se redressa de toute sa taille et, avec une affectation de dignité quasi risible chez une si petite personne, déclara, glaciale :

— Je dois me retirer. Bonjour, monsieur.

Puis, sur une légère inclination guindée de la tête, elle s'éloigna, raide comme la justice.

Selon tous les critères établis, Frank Oliver aurait dû s'estimer éconduit, mais tout au plus – et il faut bien voir là une preuve des effarants progrès de sa dépravation – se contenta-t-il de murmurer à part lui : « Ma petite chérie ! »

Il n'allait cependant pas tarder à se repentir de sa témérité. Pendant dix jours, sa petite damoiselle ne mit plus les pieds au Museum. Il fut au désespoir ! Il lui avait fait peur ! Elle ne reviendrait jamais ! Il était un misérable, une brute ! Il ne la reverrait jamais plus !

Dans sa détresse, il ne quittait plus le British Museum de la journée. Peut-être s'était-elle après tout contentée de changer ses heures de visite ? Il connut bientôt les salles adjacentes par cœur et y contracta une aversion durable pour les momies. Le policier de faction l'observa d'un œil soupçonneux la fois où il resta courbé trois heures durant sur des hiéroglyphes assyriens, et la contemplation sans fin d'une infinité de vases de toutes les époques l'amena presque à délirer d'ennui.

Mais un jour sa patience se vit récompensée. Elle revint, un tantinet plus rose qu'à l'accoutumée et se donnant toutes les peines du monde pour paraître sur son quant-à-soi.

Il l'accueillit avec transport :

— Bonjour ! Ça fait *des éternités* que vous n'étiez pas venue !

— Bonjour.

Elle avait laissé tomber ce simple mot avec une froideur de glace et ostensiblement ignoré la seconde partie de sa phrase.

Mais il était devenu capable de tout :

— Voyons !

Il osait l'affronter avec des yeux suppliants qui évoquèrent irrésistiblement pour elle le bon gros chien fidèle :

— Vous refuserez-vous à ce que nous soyons amis ? Je suis seul à Londres... rigoureusement seul au monde, et je crois que vous l'êtes, vous aussi. Il faut que nous soyons amis. Qui plus est, c'est notre petit dieu qui nous a présentés l'un à l'autre.

Le regard qu'elle leva vers lui n'était qu'à demi convaincu, mais l'ombre d'un sourire tremblait aux coins de ses lèvres :

— C'est lui qui a fait ça ?

— Bien évidemment !

C'était la seconde fois qu'il usait de cette forme extrêmement positive d'assurance de soi, et là, pas plus qu'avant elle ne manqua son effet, car après une longue minute la jeune fille décréta, sur le mode un peu royal qui n'appartenait qu'à elle :

— Très bien.

— C'est parfait, riposta-t-il d'un ton bourru.

Mais il y avait eu dans sa voix une fêlure qui contraignit la jeune fille à lui jeter aussitôt un regard, dans un irrépressible élan de pitié.

Et ce fut ainsi que leur bizarre amitié débuta. Deux fois par semaine, ils se retrouvaient au pied de l'autel d'un petit dieu païen. Au début, leur conversation se limita à lui. Il était, somme toute, une excuse à leur amitié et sa palliation. La question de ses origines était abondamment débattue. L'homme persistait à lui attribuer les caractéristiques les plus sanguinaires. Il le dépeignait comme la terreur et l'épouvante de sa nation, toujours plus exigeant en sacrifices humains, révéré, face contre terre, par son peuple apeuré et tremblant. Et c'était dans l'absolu contraste entre sa grandeur passée et son insignifiance présente que résidait, toujours selon l'homme, tout le pathétique de la situation.

La Damoiselle solitaire se refusait à adhérer à une telle théorie. C'était de par sa nature même, insistait-elle, un gentil petit dieu. Elle doutait qu'il ait jamais pu être très puissant. L'eût-il été, raisonnait-elle, qu'il ne serait pas désormais seul et sans amis, abandonné de tous, et puis, quoi qu'il en soit, c'était un délicieux petit dieu, et elle l'adorait, et elle ne supportait pas l'idée qu'il puisse rester posé là, jour après jour, avec tous ces abominables monstres dédaigneux qui se moquaient de lui, car il était facile de voir qu'ils ne s'en privaient pas ! Après une aussi véhémente plaidoirie, la petite damoiselle s'était retrouvée à bout de souffle.

Ce thème épuisé, ils se mirent tout naturellement à parler d'eux-mêmes. Il découvrit qu'il avait deviné juste. Elle était gouvernante dans une famille qui vivait à Hampstead. Il en conçut une aversion instantanée pour les enfants dont elle s'occupait ; pour Ted, qui, à cinq ans, n'était pas réellement désobéissant, seulement espiègle ; pour les jumeaux, qui, *eux*, étaient assez insupportables, et pour Molly, qui ne faisait jamais ce qu'on lui disait de faire mais qui était un tel chou qu'on ne pouvait pas lui en vouloir !

— Ces enfants vous tyrannisent, lui reprocha-t-il – et l'en accusa-t-il presque.

— Pas du tout, rétorqua-t-elle avec fougue. Je suis très sévère avec eux.

— Grands dieux, ce qu'il ne faut pas entendre ! hoqueta-t-il de rire.

Mais elle obtint aussitôt d'humbles excuses pour son scepticisme.

Bribe par bribe, il lui donna en retour des détails sur sa vie : sur sa vie officielle, qui avait été prenante mais très moyennement une réussite ; et sur son passe-temps, tout ce qu'il y a d'officieux, et qui consistait à gâcher des mètres carrés de toile.

— Il va de soi que je n'y connais rien, expliqua-t-il. Mais j'ai toujours eu le sentiment que je pourrais peindre un de ces quatre matins. Je me débrouille assez bien pour ce qui est des esquisses, mais ce que j'aimerais, c'est peindre un jour un vrai tableau. Un type qui s'y connaît m'a dit je ne sais plus quand que ma technique n'était pas mauvaise.

Elle se montra intéressée, le pressa de lui en dire plus :

— Je suis sûre que vous peignez terriblement bien. Il secoua la tête :

— Non, j'ai commencé dernièrement plusieurs choses, et puis j'ai tout envoyé balader en désespoir de cause. J'avais toujours cru que, dès que j'aurais le temps, ça viendrait tout seul. J'ai caressé cette idée depuis des années, mais j'ai bien peur pour ça, comme pour tout le reste, de m'y être mis trop tard.

— Rien n'est trop tard... jamais, trancha la

petite damoiselle avec la fougue de l'extrême jeunesse.

Il posa son regard sur elle :

— Vous croyez ça, ma chère petite ? Il est pour moi trop tard pour bien des choses.

Et la petite damoiselle lui rit au nez et le surnomma Mathusalem.

Ils commençaient à se sentir étrangement chez eux au British Museum. Le bon gros agent de police débonnaire qui patrouillait dans les galeries était homme de tact et, dès l'apparition du couple, estimait d'ordinaire que les lourdes responsabilités de sa tâche l'appelaient de toute urgence dans la salle assyrienne adjacente.

Un jour, il entreprit une démarche hardie. Il l'invita pour le thé !

D'emblée, elle souleva des objections :

— Je n'ai pas le temps. Je ne suis pas libre. Si je peux venir ici de temps en temps le matin, c'est parce que les enfants prennent des cours de français.

— Allons donc ! dit l'homme. Vous pourriez trouver un jour. Tuez une vieille tante, ou un cousin issu de germain, ou qui vous voudrez, mais *venez*. Nous irons dans un petit salon de thé de la chaîne ABC, à deux pas d'ici. Et nous prendrons des petits pains au lait avec notre thé ! Je sais que vous devez aimer les petits pains au lait !

— Oui, les tout petits à deux sous, ceux aux raisins !

— Adorablement glacés au sucre sur le dessus...

— Ils sont si mignons et si rebondis...

— Il y a quelque chose, déclara avec solennité Frank Oliver, d'infiniment réconfortant chez les petits pains !

Ainsi fut-il convenu, et la petite gouvernante

vint en effet, une coûteuse rose de serre sur sa méchante robe noire en l'honneur de l'événement.

Il avait remarqué qu'elle avait depuis quelque temps l'air tendu, la mine soucieuse, et c'était plus évident que jamais cet après-midi-là, tandis qu'elle leur versait le thé sur le petit guéridon au plateau de marbre.

— Les enfants vous en font beaucoup voir ? s'enquit-il avec sollicitude.

Elle secoua la tête. Elle manifestait depuis peu une curieuse répugnance à parler des enfants :

— Eux, ils ne me posent aucun problème. Ce n'est pas d'eux que me vient mon tourment.

— Non ?

La sympathie qui transparaissait dans la voix de son compagnon sembla Dieu sait pourquoi accroître son sentiment de détresse :

— Oh ! non. Ça n'a jamais été ça. Mais... mais, ce qu'il y a, c'est que... que je me suis toujours sentie si seule. Tellement seule, si vous saviez !

C'était un plaidoyer, presque une imploration.

— Oui, oui, ma chère petite, je sais... je sais, s'émut-il aussitôt. (Après un temps, il fit remarquer avec entrain :) Vous savez que vous ne m'avez même pas encore demandé mon nom ?

Elle leva la main dans un geste de protestation :

— Je vous en prie, je ne veux pas le connaître. Et ne me demandez pas le mien. Contentons-nous d'être deux créatures solitaires qui se sont rencontrées et liées d'amitié. Cela rend la chose encore plus merveilleuse... et... et hors du commun.

— Très bien, acquiesça-t-il, pensif et avec une

lenteur extrême. Dans un univers par ailleurs solitaire, nous serons deux à n'exister que l'un pour l'autre.

C'était quelque peu différent de sa formulation à elle, et elle parut éprouver de la difficulté à poursuivre la conversation. Au lieu de quoi elle baissa de plus en plus le nez sur son assiette, jusqu'à ce que seule la calotte de son chapeau soit visible.

— C'est un joli chapeau, que vous avez là, dit-il pour tenter de la rasséréner.

— Je l'ai confectionné moi-même, lui signala-t-elle fièrement.

— C'est ce que j'ai pensé dès que je l'ai vu, répondit-il, disant ce qu'il ne fallait pas dire sans même s'en rendre compte et le faisant d'un air ravi.

— Je crains qu'il ne soit pas aussi élégant que je l'avais souhaité !

— Et moi, je trouve que c'est un chapeau parfaitement adorable, affirma-t-il dans un élan de loyauté.

La gêne, de nouveau, s'instaura entre eux. Et ce fut Frank Oliver qui rompit le silence avec bravoure :

— Petite Damoiselle, je n'avais pas l'intention de déjà vous le dire, mais c'est plus fort que moi. Je vous aime. Je vous veux tout à moi. Je vous ai aimée dès le premier instant où je vous ai vue là dans votre petit manteau noir. Ma chérie, si deux solitaires venaient à s'unir... eh bien... il n'y aurait plus de solitude. Et je me mettrais au travail, oh ! et comment, je me mettrais au travail ! Et je ferais mille portraits de vous. J'en serais capable, je sais que j'en serais capable. Oh ! mon tout petit, je ne peux pas vivre sans vous. Je vous jure que je ne peux pas...

Sa petite damoiselle le contemplait avec le

plus parfait sérieux. Mais ce qu'elle lui dit fut bien la dernière chose à laquelle il s'attendait. Avec infiniment de calme et de netteté, elle articula :

— Ce mouchoir, vous l'aviez *acheté* !

Il fut émerveillé de cette manifestation de perspicacité féminine, et plus encore ébahi qu'elle soit à même de le lui opposer maintenant. Compte tenu du temps écoulé, son subterfuge aurait quand même bien dû lui être pardonné.

— Oui, c'est exact, avoua-t-il humblement. Il me fallait un prétexte pour vous parler. Vous êtes très fâchée ?

Il attendit, soumis, qu'elle prononce sa condamnation.

— Je trouve que c'était chou comme tout ! s'écria la petite damoiselle, véhémente. Tout bonnement chou comme tout !

Sa voix vacilla sur les derniers mots.

Frank Oliver poursuivit de son ton le plus bourru :

— Dites-moi, ma chère petite, est-ce vraiment impossible ? Je sais que je suis un affreux vieil ours mal léché...

La Damoiselle solitaire l'interrompit :

— Non, ce n'est pas vrai ! Je ne voudrais pas que vous soyez différent, en rien. Je vous aime tout simplement comme vous êtes, vous comprenez ça ? Pas parce que j'ai pitié de vous, pas parce que je suis seule au monde et que j'ai besoin que quelqu'un m'aime et s'occupe de moi... mais parce que vous êtes tout simplement... *vous*. Vous comprenez, maintenant ?

— C'est vrai ? demanda-t-il dans un souffle.

— C'est vrai, lui répondit-elle avec componction.

L'émerveillement les submergea.

— Ainsi nous avons atteint au paradis, mon

cher amour, balbutia-t-il enfin comme en un rêve.

— Dans un petit salon de thé ABC, compléta-t-elle d'une voix où le rire le disputait aux larmes.

Mais les paradis terrestres ont la vie brève. La petite damoiselle sursauta en poussant un cri :

— Je ne me rendais pas compte qu'il était si tard ! Il faut que je m'en aille tout de suite.

— Je vais vous reconduire jusque chez vous.

— Non, non, *non* !

Force lui fut de capituler et de ne la raccompagner que jusqu'à la bouche de métro.

— Adieu, mon bien-aimé.

Elle lui avait étreint la main avec une intensité qu'il se remémora par la suite.

— Ce n'est qu'un au revoir et seulement jusqu'à demain, rectifia-t-il gaiement. À 10 heures comme d'habitude, et nous nous dirons enfin nos noms, nous raconterons nos histoires et nous nous montrerons abominablement pratiques et prosaïques.

— Adieu quand même... au paradis, souffla-t-elle.

— Nous y serons toujours ensemble, ma chérie !

Elle lui rendit son sourire, mais avec toujours ce même air de supplication triste qui l'inquiéta et dont il ne parvenait pas à pénétrer le mystère. Puis l'ascenseur impitoyable l'arracha à sa vue pour l'engloutir dans les profondeurs.

Fâcheusement impressionné par les derniers mots qu'elle avait prononcés, il les chassa résolument de son esprit pour y substituer le radieux avant-goût du lendemain.

À 10 heures il était dans la place, à l'endroit habituel. Et pour la première fois, il remarqua avec quelle hargne ricanante les autres idoles l'écrasaient de leur mépris. On aurait presque pu les croire en possession de quelque monstrueux secret le concernant et dont ils faisaient des gorges chaudes. Il prit péniblement conscience de l'aversion qu'ils éprouvaient à son égard.

La petite damoiselle était en retard. Pourquoi n'arrivait-elle pas ? L'atmosphère de cet endroit lui portait sur les nerfs. Jamais son petit ami (leur dieu à tous deux) ne lui avait semblé plus désespérément impuissant qu'aujourd'hui. Un bloc de pierre sans ressource aucune, renfermé sur son propre désespoir !

Ses cogitations furent interrompues par un garçonnet au visage en lame de couteau qui s'était approché et l'examinait posément de la tête aux pieds. Apparemment satisfait du résultat de ses observations, il lui tendit une lettre.

— Pour moi ?

Il n'y avait pas d'indication de destinataire. Il la prit, et le gamin décampa à toute allure.

Frank Oliver lut la lettre lentement et sans parvenir à en croire ses yeux. Elle était très courte :

Mon bien-aimé,
Jamais je ne pourrai vous épouser. Oubliez, je vous en conjure, que j'aie ainsi pu faire irruption dans votre existence, et tâchez de me pardonner si je vous ai blessé. N'essayez pas de me retrouver, cela ne servirait à rien. Ceci est réellement un « adieu ».

La Damoiselle solitaire

Il y avait un post-scriptum, manifestement jeté sur le papier au tout dernier moment :

Je vous aime. Oh ! oui, je vous aime.

Et ce petit post-scriptum impulsif fut son seul réconfort au cours des semaines qui suivirent. Inutile de le dire, il désobéit à son injonction de « ne pas essayer de la retrouver », mais ce fut en vain. Elle avait complètement disparu, et il ne possédait aucun indice qui lui permît de retrouver sa trace. Il avait désespérément multiplié les petites annonces où il l'implorait en termes voilés de lui expliquer à tout le moins le mystère, mais seul un silence épais vint couronner ses efforts. Elle était partie pour ne plus jamais revenir.

Et ce fut sans doute aucun la raison pour laquelle, et pour la première fois de sa vie, il se mit réellement à peindre. Sa technique avait toujours été bonne. Désormais, maîtrise de la main et inspiration allaient de pair.

La toile qui fit son nom et lui apporta la notoriété fut acquise et exposée par l'Académie royale des Beaux-Arts. Elle se vit considérée comme *le* tableau de l'année, autant pour l'exquis traitement du sujet que pour sa technique et son exécution magistrale. Une certaine aura de mystère contribua en outre à accroître l'intérêt que lui porta le gros du public.

Son inspiration lui était venue tout à fait par hasard. Un conte de fées, lu dans un magazine, avait enfiévré son imagination.

C'était l'histoire d'une princesse fortunée qui avait toujours eu tout ce qu'elle souhaitait. Exprimait-elle un vœu ? Il était aussitôt exaucé. Un désir ? Il était satisfait. Elle avait un père et une mère qui l'aimaient, des robes et des bijoux plus somptueux les uns que les autres, des esclaves chargés de veiller à sa sécurité et prêts à lui passer les moindres de ses caprices, un chœur de vierges riantes pour lui tenir compagnie – tout, en somme, ce dont l'âme d'une princesse peut rêver. Les plus riches et les plus beaux des princes lui faisaient la cour, sollicitaient en vain sa main et étaient prêts à tuer tous les dragons de la terre pour mieux lui prouver leur dévotion. Et pourtant, la solitude de la princesse était plus grande que celle du plus misérable mendiant du royaume.

Il n'en avait pas lu davantage. Le sort ultime de la princesse ne l'intéressait pas du tout. Une image se dessinait devant lui, celle d'une princesse au cœur triste et solitaire, cernée par les plaisirs, blasée du bonheur, asphyxiée par le luxe, mourant d'inanition au sein du Palais de l'Abondance.

Possédé par l'ivresse de la création, il s'était mis à peindre avec une énergie sauvage.

Il avait représenté la princesse à demi étendue sur un divan, entourée par sa cour. Une débauche de couleurs barbares animait toute la toile. La princesse portait une merveilleuse robe rehaussée de broderies aux tonalités étranges. Cerclés d'un lourd bandeau d'or constellé de pierreries, ses cheveux blonds comme les blés lui cascadaient jusqu'à la taille. Son chœur de vierges l'entourait et, porteurs de riches présents, des princes se prosternaient à ses pieds. Tout, dans cette scène, évoquait le luxe et la richesse.

Oublieuse cependant de la joie et des rires qui l'entouraient, la princesse détournait le visage. Elle avait le regard rivé sur un recoin terne et ombreux où se trouvait un objet d'apparence incongrue : une petite idole de pierre grise à la tête enfouie dans les mains en une manifestation d'absolu désespoir.

Mais, incongrue, la présence de cet objet

l'était-elle autant qu'il y paraissait ? Car après tout, les yeux de la jeune princesse le fixaient avec une sympathie proche de la connivence, comme si la conscience naissante de son propre isolement avait irrésistiblement capté son regard. Ils étaient en communion, ces deux-là. Elle avait le monde à ses pieds... et elle était pourtant seule : Princesse solitaire contemplant un pauvre petit dieu solitaire.

Le tout-Londres ne bruissait que de ce tableau et Greta, du fond de son Yorkshire, lui envoya quelques mots de félicitation, cependant que la femme de Tom Hurley le conjurait de « descendre passer un week-end et rencontrer une fille absolument charmante, grande admiratrice de votre œuvre ». Frank Oliver eut un rire sardonique et jeta la lettre au feu. Le succès lui était venu... mais à quoi bon ? Il n'éprouvait qu'un seul désir : retrouver cette Petite Damoiselle solitaire à jamais sortie de sa vie.

C'était le jour du Grand Prix d'Ascot, et le policier de service dans certaine section du British Museum se frotta les yeux en se demandant s'il ne rêvait pas, car on ne saurait s'attendre à voir en ces lieux une élégante d'Ascot en robe de dentelle et coiffée d'un prodigieux chapeau, véritable nymphe telle qu'il n'en peut jaillir que de l'imagination d'un génie parisien. D'émerveillement, le brave policier en demeura bouche bée.

Le dieu solitaire, quant à lui, ne fut sans doute pas tellement surpris. Qui sait s'il n'avait pas été, à sa façon, un petit dieu très puissant ? En tout état de cause, une adoratrice venait d'être ramenée au bercail.

La Petite Damoiselle solitaire levait les yeux

vers lui, et de ses lèvres une supplique s'échappait dans un murmure :

— Cher petit dieu, oh ! cher petit dieu, s'il vous plaît, aidez-moi ! oh, aidez-moi, je vous en conjure !

Peut-être le petit dieu fut-il flatté. Peut-être, s'il avait autrefois bel et bien été la féroce divinité inassouvissable telle que Frank Oliver l'avait imaginée, les longues années de purgatoire et les progrès de la civilisation avaient-ils adouci son froid cœur de pierre. Peut-être aussi la Damoiselle solitaire avait-elle toujours eu raison et était-il réellement un gentil petit dieu. Peut-être fut-ce seulement une coïncidence. Toujours est-il qu'à ce moment précis Frank Oliver, noyé dans sa mélancolie, franchit d'un pas lent le seuil des antiquités assyriennes.

Levant soudain la tête, il vit la nymphe parisienne.

La minute d'après il l'enlaçait tandis qu'elle balbutiait des mots entrecoupés :

— J'étais si seule... et vous, vous savez ce que cela peut signifier... et vous devez avoir lu ce conte que j'ai écrit ; vous n'auriez pas pu peindre ce tableau si vous ne l'aviez pas fait, et si vous n'en aviez pas compris le sens. La princesse, c'était moi ; j'avais tout, et cependant j'étais seule au-delà de toute expression. Un jour, je suis allée voir une diseuse de bonne aventure, et j'avais pour ça emprunté les vêtements de ma bonne. Je suis entrée ici en passant et j'ai vu que vous contempliez le petit dieu. C'est comme ça que tout a commencé. Je me suis fait passer pour ce que je n'étais pas... oh ! c'était odieux de ma part mais j'ai continué, et plus tard je n'ai pas osé vous avouer que je ne vous avais raconté que d'abominables mensonges. Je me disais que vous seriez écœuré par la façon dont je vous avais abusé. Je ne pouvais pas supporter l'idée que vous me perciez à jour, alors je suis partie. Et puis j'ai écrit cette histoire, et hier j'ai vu votre toile. Elle est bien de vous, n'est-ce pas ?

Seuls les dieux connaissent vraiment le sens du mot « ingratitude ». Il est donc à présumer que le petit dieu solitaire savait la noire ingratitude des humains. En tant que divinité, les occasions de l'observer ne lui avaient pas manqué et pourtant, à l'heure de l'épreuve, lui à qui d'innombrables sacrifices avaient été offerts consentit à son tour à en offrir un. Il sacrifia ses deux seuls adorateurs dans cette contrée lointaine, et cela lui prouva qu'il était en son genre un fort noble petit dieu, car il avait sacrifié tout ce qu'il possédait ici-bas.

Dans l'interstice entre ses doigts de pierre il les vit s'éloigner, main dans la main, sans même un regard en arrière, ces deux bienheureux qui avaient trouvé le paradis et n'avaient par conséquent plus aucun besoin de lui.

Qu'était-il, à tout prendre, sinon un pauvre petit dieu très solitaire exilé en terre étrangère ?

Traduit de l'anglais par Michel Averlant

Postface

« *Le Dieu solitaire* » *fut pour la première fois publié dans le* Royal Magazine *en juillet 1926. C'est l'un des rares textes purement « fleur bleue » écrits par Christie et elle le considérait elle-même comme « d'un sentimentalisme regrettable ».*

Cette nouvelle est néanmoins intéressante car elle annonce la curiosité que Christie éprouva toute sa vie pour l'archéologie, qu'elle désigna comme son sujet d'étude préféré dans sa contribution au Michael Parkinson's Confessions Album *(1973), ouvrage publié au bénéfice d'œuvres de bienfaisance. Ce fut leur passion commune pour cette science qui lui fit rencontrer le célèbre archéologue Max Mallowan qui allait devenir son second mari. Pendant de nombreuses années, après la Seconde Guerre mondiale, Mallowan et elle passèrent chaque printemps à Nimrud, en Assyrie, et le récit que fit Christie elle-même des fouilles de Telle Brak en Syrie en 1937 et 1938,* Dis-moi comment tu vis *(1946) est un guide à la fois amusant et instructif sur ces sites et sur cet autre aspect important de son personnage. Si elle n'écrivit apparemment jamais au cours de ces expéditions, ses expé-*

riences lui fournirent cependant la matière de plusieurs romans dont trois Poirot : **Meurtre en Mésopotamie** *(1936),* **Mort sur le Nil** *(1937), et* **Rendez-vous avec la mort** *(1938), ainsi que l'extraordinaire* **La mort n'est pas une fin** *(1944), dont le cadre est l'Égypte ancienne, plus de deux mille ans avant Jésus-Christ.*

L'OR DE MAN

(*Manx Gold*)

Avant-propos

« *L'Or de Man* » *n'est pas une nouvelle policière ordinaire ; en fait, elle est même probablement unique. Les détectives y sont assez conventionnels, mais bien qu'ils soient confrontés à un meurtre particulièrement brutal, l'identité du meurtrier n'est pas leur préoccupation principale. Ils s'intéressent bien davantage au déchiffrage d'une série d'indices concernant l'emplacement d'un trésor caché, trésor dont l'existence ne se limitait pas à la page imprimée ! Manifestement, quelques explications s'imposent...*

Au cours de l'hiver 1929, Alderman Arthur B. Crookall eut une idée originale. Crookall était président du June Effort, *comité chargé de promouvoir le tourisme dans l'île de Man, et son idée était d'organiser une chasse au trésor inspirée par les innombrables légendes portant sur les contrebandiers manxois et leurs non moins innombrables caches de butin depuis longtemps oubliées. Il y aurait un véritable trésor, caché quelque part dans l'île, et des indices concernant sa position exacte dissimulés dans le cadre d'une nouvelle policière. D'entrée de jeu, certains membres du comité exprimèrent des réserves sur la proposition de Crookall, mais celle-ci finit néanmoins par être approuvée. Le comité stipula* que le « *Projet de Chasse au Trésor de l'île de Man* » devrait démarrer dès l'ouverture de la saison des vacances et se dérouler en même temps que les courses de moto de l'*International Tourist Trophy*, alors dans leur vingt-quatrième année, et parallèlement à d'autres manifestations annuelles telles que le « *Couronnement de la reine des roses* » et la régate en nocturne.

Cependant Crookall devait trouver quelqu'un pour écrire l'histoire sur laquelle la chasse au trésor serait fondée. Qui mieux qu'Agatha Christie aurait pu s'en charger ? Si étonnant que cela puisse éventuellement paraître, et pour la maigre somme de 60 livres, Christie accepta cette tâche qui reste la commande la plus inhabituelle qui lui ait jamais été passée. Elle visita l'île de Man à la fin d'avril 1930, y séjournant comme invitée du lieutenant-gouverneur de l'île avant de retourner dans le Devon où sa fille était malade. Christie et Crookall passèrent plusieurs jours à discuter de la chasse au trésor et visitèrent divers sites afin de décider où le trésor devait être caché et comment les indices devraient être composés.

L'histoire qui en résulta, « *L'Or de Man* », parut en cinq épisodes vers la fin mai dans le Daily Dispatch. Le Dispatch, publié à Manchester, avait été selon toute vraisemblance choisi par le comité comme le journal qui avait le plus de chances de tomber sous les yeux des potentiels visiteurs anglais de l'île. « *L'Or de Man* » fut en outre réimprimé sous forme de brochures dont 250 000 exemplaires furent distribués aux hôtels et pensions de l'île tout entière. Les cinq indices furent publiés séparément (leur situation dans le texte est marquée d'un †) et comme la date à laquelle le premier devait apparaître dans le Dispatch *approchait*, le June Effort Committee lança un appel afin que chacun « coopérât de

*façon à obtenir autant de publicité que possible »
pour la chasse au trésor. Davantage de touristes
signifiait davantage de revenus touristiques, et on
attira également sur la chasse au trésor l'attention
de plusieurs centaines de « Home-comers », des
habitants de l'île qui avaient émigré aux États-
Unis et devaient revenir comme invités d'honneur
en juin. Selon les termes de la publicité de
l'époque, c'était « une occasion pour tous les
détectives amateurs de tester leurs compéten-
ces » ! Pour rivaliser avec Juan et Fenella, il vous
était conseillé de les imiter en vous équipant de
« plusieurs excellentes cartes... divers guides
décrivant l'île... un ouvrage sur le folklore local
(et) un livre sur l'histoire de l'île ». Les solutions
des indices sont données à la fin de la nouvelle.*

*Le vieux Mylecharane vivait là-haut sur la colline
D'où Jurby descend vers la plaine onduleuse,
Son clos était doré par l'ajonc et le genêt,
Sa fille était blonde comme les blés.*

*« Ô père, on dit que tu as de grandes richesses,
Mais que tu les tiens cachées en un lieu secret.
D'or je ne vois nulle trace, sinon sur les ajoncs
son reflet ;
Alors, je te prie, de grâce, qu'en as-tu fait ? »*

*« Mon or est enfermé dans un coffre de chêne,
Que j'ai plongé dans la mer et qui a coulé,
Et c'est là qu'il repose, comme une ancre d'espoir
arrimé,
Brillant de mille feux, et mieux qu'à la banque
en sûreté. »*

— J'adore cette chanson, dis-je d'un ton élo-
gieux quand Fenella eut terminé.

— C'est bien le moins, répliqua Fenella. Elle parle de notre ancêtre, le tien et le mien. Le grand-père d'oncle Myles. Il a fait fortune dans la contrebande et a caché son argent quelque part, personne n'a jamais su où.

La généalogie est le point fort de Fenella. Elle s'intéresse à tous ses ancêtres. Pour moi, je suis d'un naturel résolument moderne. Le présent avec ses difficultés et les incertitudes de l'avenir absorbent toute mon énergie. Mais j'aime entendre Fenella chanter de vieilles ballades manxoises.

Fenella est pleine de charme. C'est ma cousine germaine ainsi que, de temps à autre, ma fiancée. Dans nos périodes d'optimisme financier, nous nous promettons l'un à l'autre. Quand une vague de pessimisme, au contraire, nous submerge et que nous nous rendons compte que nous ne pourrons pas nous marier avant au moins dix ans, nous rompons.

— Ce trésor, m'enquis-je, personne n'a jamais essayé de le trouver ?

— Bien sûr que si. Mais tout le monde a fait chou blanc.

— Peut-être qu'on ne l'a pas cherché de façon scientifique.

— Oncle Myles s'y est adonné à cœur joie, dit Fenella. Et il a toujours prétendu que n'importe quel individu doté d'un minimum d'intelligence devrait être capable de résoudre un problème aussi insignifiant.

Cette assertion me paraissait typique de notre oncle Myles, vieillard excentrique et atrabilaire, qui habitait l'île de Man et était enclin aux déclarations didactiques.

Ce fut à ce moment précis que le courrier arriva... et avec lui la lettre !

— Bonté divine ! s'écria Fenella. Quand on

parle du diable... je veux dire, des anges... Oncle Myles est mort !

Elle et moi n'avions vu notre fantasque parent qu'en deux occasions, de sorte que nous ne pouvions ni l'un ni l'autre prétendre éprouver un chagrin très profond. La lettre émanait d'un cabinet d'hommes de loi de Douglas et nous informait que, selon les dernières volontés de feu Mr Myles Mylecharane, Fenella et moi héritions conjointement de ses biens, qui se composaient d'une maison sise près de Douglas ainsi que d'une rente infinitésimale. Une enveloppe cachetée y était jointe qui, d'après les instructions de Mr Mylecharane, devait, à sa mort, être remise à Fenella. Nous ouvrîmes ladite enveloppe et y découvrîmes un document manuscrit dont nous déchiffrâmes le surprenant contenu. Je le reproduis ici dans son entier car il est caractéristique de son auteur :

Mes chers Fenella et Juan (car je gage que là où se trouve l'un de vous, l'autre ne doit pas être bien loin ! Du moins, c'est ce que chuchote la rumeur),

Vous vous rappelez peut-être m'avoir entendu décréter qu'un minimum de jugeote devrait permettre à n'importe qui de découvrir le trésor dissimulé par mon estimable fripouille de grand-père. Ce minimum de jugeote, j'ai su en faire preuve... et m'en suis vu récompensé par quatre coffres d'or sonnant et trébuchant... un vrai conte de fées, ne dirait-on pas ?

Ma famille se réduit désormais à quatre personnes : vous deux, mon neveu Ewan Corjeag, dont on m'a toujours dit pis que pendre, et un mien cousin, un certain Dr Fayll, dont je n'ai que très peu entendu parler – lequel très peu n'étant d'ailleurs que fort modérément louangeur.

Mes biens propres, je vous les laisse à tous les deux, mais je me sens certaines obligations en ce qui concerne ce « trésor » dont je ne suis entré en possession que du seul fait de ma propre ingéniosité. M'est avis que mon estimable ancêtre n'apprécierait pas outre mesure me le voir platement transmettre par voie de succession. Aussi ai-je, à mon tour, imaginé un petit casse-tête.

Il y a toujours quatre « coffres » au trésor (encore que sous une forme plus moderne que des pièces d'or ou des lingots) et il y aura quatre compétiteurs : mes quatre parents encore en vie. Le plus équitable consisterait à vous attribuer un « coffre » à chacun – mais le monde, mes enfants, ignore l'équité. C'est le plus rapide qui gagne la course – et souvent le moins scrupuleux !

Qui suis-je pour m'opposer à la Nature ? Il va vous falloir vous mesurer aux deux autres. Et, grandeur d'âme et ingénuité se voyant rarement récompensées en ce bas monde, vos chances, je le crains, seront fort minces. J'en suis si convaincu que j'ai délibérément triché (l'injustice, encore et toujours, comme vous pouvez le remarquer !). Cette lettre vous arrivera avec vingt-quatre heures d'avance sur celles des deux autres. Ainsi, aurez-vous de bonnes chances de vous procurer le premier « trésor » : vingt-quatre heures de boni, si toutefois vous possédez pour deux sous de cervelle, devraient vous suffire.

Les indices permettant de localiser ce trésor sont à découvrir dans ma maison de Douglas. Les indices pour le deuxième « trésor » ne seront pas divulgués avant la découverte du premier. Pour ce qui est du deuxième et des suivants, vous partirez donc tous à égalité. Tous mes vœux de succès vous accompagnent, et rien ne me satisferait autant que de vous voir acquérir la totalité des quatre « coffres », mais, pour les raisons ci-avant exposées, cela m'apparaît comme hautement improbable. Rappelez-vous qu'aucun scrupule n'arrêtera jamais ce cher Ewan en chemin. Ne commettez pas l'erreur de lui faire confiance en quoi que ce soit. Quant au Dr Richard Fayll, j'en sais peu sur son compte, mais je le crois teigneux et somme toute assez mauvais cheval.

Bonne chance à vous deux, mais sans guère d'illusions pour ce qui est de vos succès.

Votre oncle affectionné,

Myles Mylecharane

Comme nous en arrivions à la signature, Fenella, assise à mes côtés, se leva d'un bond.

— Qu'est-ce qui se passe ? m'écriai-je.

Fenella tournait fébrilement les pages d'un indicateur des chemins de fer et transports maritimes.

— Il faut que nous nous rendions dans l'île de Man aussi vite que possible, s'écria-t-elle en retour. Comment ose-t-il prétendre que nous sommes bonne pâte, innocents et stupides ? Je vais lui montrer, moi ! Juan, nous allons dénicher ces quatre « coffres », nous marier et vivre heureux jusqu'à la fin de nos jours, avec Rolls-Royce, valets de pied et salles de bains en marbre. Mais pour ça, il *faut* que nous partions *illico* pour l'île de Man.

Vingt-quatre heures s'étaient écoulées. Nous étions arrivés à Douglas, avions interrogé les hommes de loi et nous trouvions maintenant à Maughold House face à Mrs Skillicorn, la gouvernante de feu notre oncle, assez redoutable matrone mais que l'enthousiasme de Fenella sembla quelque peu attendrir.

— Bizarre, ça, pour sûr qu'il l'a toujours été, convint-elle. Il n'aimait rien tant que faire enrager son monde et obliger tout un chacun à se creuser la tête pour résoudre des énigmes.

— Mais les indices ! s'écria Fenella. Les indices ?

Avec une lenteur étudiée, comme elle faisait en toute circonstance, Mrs Skillicorn quitta la pièce. Elle revint après une absence de quelques minutes et nous tendit une feuille de papier pliée en quatre.

Nous la dépliâmes avidement. De son écriture en pattes de mouche, mon oncle y avait noté une comptine en vers de mirliton. †

Quatre aires de vents aurez en tête,
Sud et Ouest, Nord et Est.
Nuisible à bêtes et gens est le vent d'Est.
Allez au Sud, à l'Ouest et
Au Nord, pas à l'Est.

— Oh ! laissa échapper Fenella, décontenancée.

— Oh ! fis-je en écho, plus ou moins sur le même ton.

Mrs Skillicorn nous sourit avec une lugubre délectation.

— Tout ça ne veut pas dire grand-chose, hein ? déclara-t-elle obligeamment.

— C'est... je ne vois pas par où commencer, bégaya Fenella d'un ton piteux.

— Commencer, lançai-je avec une gaieté que j'étais loin de ressentir, est toujours la grande difficulté. Une fois que nous serons lancés...

Mrs Skillicorn eut un sourire plus sinistre que jamais. C'était une créature déprimante.

— Vous êtes sûre que vous ne pouvez pas nous aider ? demanda Fenella, suppliante.

— Je ne sais rien de cette histoire idiote. Il ne me faisait pas ses confidences, votre oncle. Je lui ai dit de mettre son argent à la banque, et qu'on n'en parle plus. Mais allez savoir ce qu'il mijotait !

— Il n'est jamais sorti avec des coffres – ou quoi que ce soit qui y ressemble ?

— Ça non, en tout cas.

— Vous ne savez pas quand il a caché le trésor – si c'était récemment ou il y a longtemps ?

Mrs Skillicorn secoua la tête.

— Bon, annonçai-je, essayant de reprendre courage. Il y a deux possibilités. Soit le trésor est caché ici, sur le terrain proprement dit, soit il peut l'être n'importe où dans l'île. Cela dépend de ses dimensions, évidemment.

Une soudaine inspiration vint à Fenella.

— Vous n'avez pas remarqué la disparition de quelque chose ? demanda-t-elle. Parmi les affaires de mon oncle, j'entends ?

— Eh bien, à vrai dire, c'est curieux que vous me posiez la question. Des tabatières... il y en a au moins quatre que je ne retrouve nulle part.

— Quatre ! s'écria Fenella, ça doit être ça ! Nous sommes sur la bonne voie. Sortons dans le jardin et fouillons-le.

— Il n'y a rien dans le jardin, dit Mrs Skillicorn. Je le saurais si c'était le cas. Votre oncle n'aurait pas pu y enterrer quoi que ce soit sans que je sois au courant.

— Il est question de points cardinaux et de rose des vents, rappelai-je. Ce qu'il nous faut d'urgence, c'est une carte de l'île.

— Il y en a une sur ce bureau, dit Mrs Skillicorn.

Fenella la déplia avec empressement. Un lambeau de papier s'en échappa. Je l'attrapai au vol.

— Tiens donc ! m'exclamai-je. On dirait un autre indice.

Nous l'examinâmes avidement.

Cela ressemblait à une carte tracée grossièrement. Il y avait une croix, un cercle et une flèche pointant dans une direction, et l'orientation était approximativement indiquée, mais ce n'était pas franchement limpide. Nous l'étudiâmes en silence.

— Pas très éclairant, non ? dit Fenella.

— Naturellement, c'est fait pour qu'on se creuse un tantinet la tête, dis-je. On ne peut quand même pas s'attendre à ce que la solution vous saute aux yeux.

Mrs Skillicorn nous interrompit en nous proposant de dîner, ce que nous acceptâmes avec reconnaissance.

— Et pourrions-nous avoir du café ? dit Fenella. Beaucoup de café – très noir.

Mrs Skillicorn nous fournit un excellent repas, et à sa conclusion un grand pichet de café fit son apparition.

— Et maintenant, dit Fenella, il faut nous y mettre.

— Le premier point, dis-je, c'est l'orientation. Ce papier semble indiquer clairement le nord-est de l'île.

— Apparemment. Regardons la carte.

Nous étudiâmes la carte avec attention.

— Tout dépend de comment on envisage ce dessin, dit Fenella. Est-ce que la croix représente le trésor ? Ou est-ce quelque chose comme une église ? Il devrait vraiment y avoir des règles !

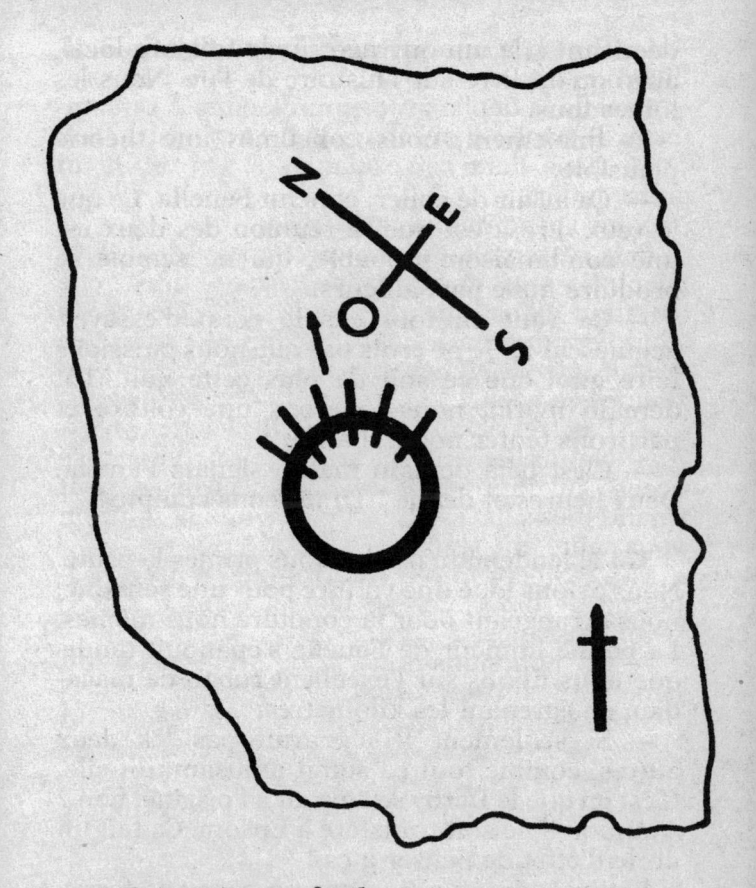

— Ce serait trop facile.
— Tu n'as peut-être pas tort. Mais pourquoi y a-t-il de petites lignes sur un côté du cercle et pas sur l'autre ?
— Je n'en sais rien.
— Est-ce qu'il y a d'autres cartes quelque part ?

Nous étions installés dans la bibliothèque. Il y avait plusieurs excellentes cartes, divers guides décrivant l'île, un ouvrage sur le folklore local, ainsi qu'un livre sur l'histoire de l'île. Nous les lûmes tous.

Et finalement, nous conçûmes une théorie plausible.

— Ça a l'air de coller, conclut Fenella. Ce que je veux dire, c'est que la réunion des deux est une combinaison probable, qui ne semble se produire nulle part ailleurs.

— Ça vaut en tout cas le coup d'essayer, acquiesçai-je. Je ne crois pas que nous puissions faire quoi que ce soit de plus cette nuit. Tôt demain matin, nous louerons une voiture et partirons tenter notre chance.

— C'est déjà demain matin, signala Fenella. Deux heures et demie ! Tu te rends compte !

Tôt le lendemain matin, nous prîmes la route. Nous avions loué une voiture pour une semaine, nous arrangeant pour la conduire nous-mêmes. La bonne humeur de Fenella s'épanouit tandis que nous filions sur l'excellent ruban de macadam en égrenant les kilomètres.

— Si seulement il n'y avait pas les deux autres, comme tout ça serait amusant, dit-elle. C'est ici que le Derby se courait à l'origine, non ? Avant qu'il ne soit transféré à Epsom. Ça fait un drôle d'effet de penser à ça !

J'attirai son attention sur un corps de ferme au loin.

— Ça doit être l'endroit dont il est dit qu'il y a un passage secret sous la mer qui permet de gagner cette île toute proche.

— Comme c'est amusant ! J'adore les passages secrets, pas toi ? Oh ! Juan, nous sommes presque arrivés, maintenant. Je suis terriblement excitée. Si nous avions raison !

Cinq minutes plus tard, nous abandonnâmes la voiture.

— Tout est à la bonne place, dit Fenella, tremblante d'émotion.

Nous continuâmes notre marche.

— Il y en a six... c'est bien ça. Maintenant, entre ces deux-là. Tu as la boussole ?

Peu après, nous nous tenions face à face, le visage envahi par une joie incrédule – cependant que sur ma paume étendue reposait une antique tabatière.

Nous avions réussi !

À notre retour à Maughold House, Mrs Skillicorn nous accueillit en nous informant que deux messieurs étaient arrivés. L'un était reparti, mais l'autre se trouvait dans la bibliothèque.

Un homme grand et blond, au visage coloré, se leva d'un fauteuil en souriant quand nous entrâmes dans la pièce :

— Mr Faraker et miss Mylecharane ? Enchanté de faire votre connaissance. Je suis votre cousin éloigné, le Dr Fayll. Un jeu amusant, toute cette histoire, n'est-ce pas ?

Son attitude était aimable et pleine d'urbanité, mais je fus pris d'une immédiate aversion pour lui. Sans bien savoir pourquoi, je sentais que cet homme était dangereux. Son attitude aimable était un peu *trop* aimable, et il ne vous regardait jamais bien en face.

— Je crains que nous n'ayons de mauvaises nouvelles pour vous, déclarai-je. Miss Mylecharane et moi-même avons déjà découvert le premier « trésor ».

Il le prit très bien :

— Dommage... dommage. Barford et moi nous sommes pourtant mis en route sitôt l'arrivée du courrier. La poste doit fonctionner bizarrement, au départ d'ici.

Nous n'osâmes pas lui avouer la perfidie d'oncle Myles.

— Quoi qu'il en soit, nous allons tous partir à égalité pour la deuxième manche, dit Fenella.

— Parfait. Si nous nous attelions aux indices tout de suite, qu'en dites-vous ? Votre excellente Mrs... euh... Skillicorn les a en sa possession, je crois ?

— Ce ne serait pas correct vis-à-vis de Mr Corjeag, s'empressa de répliquer Fenella. Nous devons l'attendre.

— C'est juste, c'est juste... j'avais oublié. Il nous faut entrer en contact avec lui dès que possible. Je vais m'en occuper – vous devez être épuisés, tous les deux, et vouloir vous reposer.

Sur ce, il prit congé de nous. Ewan Corjeag dut être plus difficile à localiser qu'il ne l'avait pensé car ce ne fut pas avant 23 heures ce soir-là que le Dr Fayll nous téléphona. Il suggéra qu'Ewan et lui-même nous rejoignent à Maughold House à 10 heures le lendemain matin, heure à laquelle Mrs Skillicorn pourrait nous remettre les indices.

— Ce sera parfait, dit Fenella. À 10 heures demain matin.

Nous allâmes nous coucher, fatigués mais heureux.

Le lendemain matin, nous fûmes éveillés par Mrs Skillicorn, qui, d'émotion, s'était totalement départie de ses habituels pessimisme et placidité.

— Qu'est-ce que vous dites de ça ? haleta-t-elle. Quelqu'un est entré par effraction dans la maison.

— Des cambrioleurs ? m'exclamai-je, incrédule. Est-ce qu'on a volé quelque chose ?

— Rien du tout... et c'est ce qu'il y a de plus étrange ! Ils en voulaient sans doute à l'argenterie... mais comme la porte était fermée à clé, ils n'ont pas pu aller plus loin.

Fenella et moi l'accompagnâmes sur les lieux du délit, qui se trouvait être son propre salon. La fenêtre de la pièce avait indéniablement été forcée, pourtant rien ne semblait avoir été dérobé. Tout cela était plutôt curieux.

— Je ne vois pas ce qu'ils pouvaient chercher ? dit Fenella.

— Ce n'est pas comme s'il y avait un « coffre au trésor » caché dans la maison, convins-je, facétieux.

Une idée me traversant soudain l'esprit, je me tournai vers Mrs Skillicorn :

— Les indices... les indices que vous deviez nous donner ce matin ?

— Mais voyons... ils sont dans ce tiroir du haut. (Elle alla l'ouvrir :) Eh bien, ça alors... il n'y a plus rien ! Ils ont disparu !

— Ce n'étaient pas des cambrioleurs, intervins-je. Mais nos estimés parents !

Et je me souvins de l'avertissement d'oncle Myles au sujet de l'absence de scrupules à laquelle nous allions être confrontés. Sans l'ombre d'un doute, il savait de quoi il parlait. On nous avait joué un sale tour !

— Chut ! dit soudain Fenella en levant un doigt. Qu'est-ce que c'était ?

Le bruit qu'elle avait surpris parvenait nettement à nos oreilles. C'était un gémissement, et il venait du dehors. Nous allâmes à la fenêtre et nous penchâmes à l'extérieur. Un massif d'arbustes poussait contre ce côté de la maison et nous ne pouvions rien distinguer ; mais le gémissement nous parvint à nouveau, et nous vîmes que les buissons semblaient avoir été dérangés et certains mêmes piétinés.

Nous descendîmes en hâte et contournâmes la maison. La première chose que nous découvrîmes était une échelle tombée à terre, qui montrait comment les voleurs avaient atteint la fenêtre. Quelques pas de plus nous amenèrent à l'endroit où un homme était étendu.

C'était un homme plutôt jeune, brun, et il était de toute évidence gravement blessé, car sa tête reposait dans une mare de sang. Je m'agenouillai à côté de lui :

— Il faut immédiatement envoyer chercher un médecin. J'ai bien peur qu'il ne soit mourant.

Le jardinier fut dépêché en toute hâte. Je glissai la main dans la poche de poitrine du blessé et en sortis un portefeuille. Il portait les initiales E. C.

— Ewan Corjeag, dit Fenella.

L'homme ouvrit les yeux. Il dit d'une voix éteinte : « Tombé de l'échelle... » puis perdit à nouveau conscience.

Près de sa tête, il y avait une grosse pierre irrégulière tachée de sang.

— C'est assez clair, déclarai-je. L'échelle a glissé, il est tombé et sa tête a porté sur cette pierre. Je crains qu'il ne s'en remette pas, le pauvre bougre.

— Tu crois vraiment que ça s'est passé comme ça ? demanda Fenella d'une voix bizarre.

Mais à ce moment le médecin arriva. Il nous donna peu d'espoir quant à la guérison du blessé. Ewan Corjeag fut emporté dans la maison et on envoya quérir une infirmière pour prendre soin de lui. Rien ne pouvait être fait, et il allait mourir quelques heures plus tard.

On nous avait appelés, et nous nous tenions près de son lit. Ses yeux s'ouvrirent et clignèrent.

— Nous sommes vos cousins Juan et Fenella, dis-je. Y a-t-il quoi que ce soit que nous puissions faire ?

Il secoua faiblement la tête en signe de dénégation. Un murmure sortit de ses lèvres. Je me penchai pour saisir ses paroles.

— Vous voulez l'indice ? C'est fini pour moi. Ne laissez pas Fayll vous rouler.

— Oui, dit Fenella. L'indice, donnez-le-moi.

Un semblant de sourire apparut sur le visage du mourant.

— *D'ye ken*[1]... commença-t-il.

Puis sa tête retomba soudain sur le côté, et il mourut.

— Ça ne me plaît pas, dit tout à trac Fenella.
— Qu'est-ce qui ne te plaît pas ?
— Écoute, Juan. Ewan a volé ces indices... il avoue être tombé de l'échelle. *Alors où sont-ils* ? Nous avons passé en revue le contenu de ses poches. Il y avait trois enveloppes cachetées, à ce que dit Mrs Skillicorn. Ces enveloppes cachetées ne sont pas sur lui.
— Qu'est-ce que tu penses, alors ?
— Je pense qu'il y avait quelqu'un d'autre avec lui, quelqu'un qui a tiré l'échelle pour lui faire perdre l'équilibre. Et cette pierre... il n'est certainement pas tombé dessus... on l'a apportée d'un peu plus loin... j'ai trouvé la marque dans le sol. On l'a délibérément frappé à la tête avec.
— Mais Fenella... alors, c'est un meurtre !

---

1. « Connaissez-vous », en dialecte écossais (Ndt).

— Oui, dit Fenella, livide. C'est un meurtre. Souviens-toi, le Dr Fayll n'est pas venu à 10 heures ce matin. Où est-il ?

— Tu crois que c'est lui l'assassin ?

— Oui. Tu sais... ce trésor... c'est beaucoup d'argent, Juan.

— Et nous n'avons aucune idée de l'endroit où le chercher, dis-je. Dommage que Corjeag n'ait pas pu terminer ce qu'il allait nous dire.

— Il y a une chose qui pourrait nous aider. Il tenait ceci dans sa main.

Elle me tendit un cliché déchiré. †

— Supposons que ce soit un indice. Le meurtrier le lui a arraché et n'a pas remarqué qu'il en manquait un coin. Si nous pouvions mettre la main sur l'autre bout...

— Pour y parvenir, dis-je, nous devons trouver le deuxième trésor. Examinons ce cliché.

— Hum ! fis-je. Il n'y a pas grand-chose pour nous guider. Ça ressemble à une sorte de tour, là, au milieu du cercle, mais elle serait très difficile à identifier.

Fenella acquiesça :

— C'est le Dr Fayll qui détient le morceau important. Il sait où chercher. Nous devons trouver cet homme, Juan, et le surveiller. Bien entendu, nous ne lui laisserons pas voir que nous le soupçonnons.

— Je me demande à quel endroit de l'île il se trouve à cet instant. Si nous savions seulement...

Mon esprit se reporta au mourant. Soudain, je me redressai avec excitation.

— Fenella, demandai-je, Corjeag n'était pas écossais ?

— Non, bien sûr que non.

— Eh bien, alors, tu ne vois pas ? Ce qu'il a voulu dire, j'entends ?

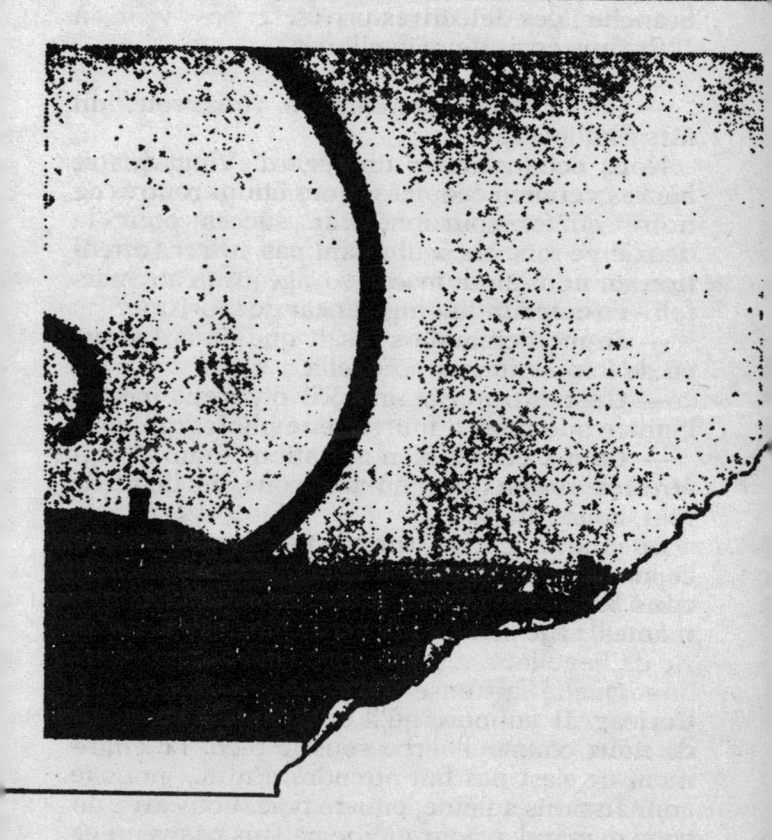

— Non ?

Je griffonnai quelque chose sur un bout de papier et le lui tendis.

— Qu'est-ce que c'est que ça ?

— Le nom d'une entreprise qui pourra peut-être nous aider.

— Bellman et True. Qui sont-ils ? Des hommes de loi ?

— Non... ils sont davantage dans notre branche : des détectives privés.

Et j'entrepris de m'expliquer.

— Le Dr Fayll demande à vous voir, dit Mrs Skillicorn.

Nous échangeâmes un regard. Vingt-quatre heures s'étaient écoulées. Nous étions rentrés de notre quête, couronnée de succès pour la deuxième fois. Ne souhaitant pas attirer l'attention sur nous, nous avions voyagé jusqu'au Snaefell – en empruntant un autocar de tourisme.

— Je me demande s'il sait que nous l'avons vu de loin ? murmura Fenella.

— C'est extraordinaire. S'il n'y avait pas eu l'indice que nous a fourni cette photographie...

— Chut... et fais bien attention, Juan. Il doit être fou furieux que nous l'ayons, en dépit de tout, coiffé au poteau.

Aucune trace de fureur ne transparaissait cependant dans l'attitude du médecin. Il entra dans la pièce avec ses manières polies et charmantes, et je sentis fondre ma foi dans la théorie de Fenella.

— Quelle affreuse tragédie ! dit-il. Pauvre Corjeag. Je suppose qu'il essayait de... eh bien, de nous couper l'herbe sous le pied. Le châtiment ne s'est pas fait attendre. Enfin... nous le connaissions à peine, pauvre type. Vous avez dû vous demander pourquoi je ne suis pas venu ce matin comme convenu. J'ai reçu un faux message – dû à Corjeag, je suppose – qui m'a envoyé perdre mon temps de l'autre côté de l'île. Et maintenant, voilà que vous avez tous les deux gagné une fois de plus la course. Comment faites-vous ?

Il y avait dans sa voix une nuance de curiosité pleine d'avidité qui ne m'échappa pas.

— Par chance, le cousin Ewan a pu nous parler juste avant de mourir, dit Fenella.

J'observais l'homme, et je pourrais jurer avoir vu l'inquiétude surgir dans son regard à ces mots.

— Tiens, tiens ? Et qu'a-t-il dit ? demanda-t-il.

— Il a juste pu nous fournir un indice concernant la situation du trésor, expliqua Fenella.

— Oh ! je vois... je vois. J'étais complètement en dehors du coup – encore que, curieusement, je me sois moi-même trouvé dans cette partie de l'île. Vous m'avez peut-être vu m'y promener.

— Nous étions très occupés, répondit Fenella en guise d'excuse.

— Bien sûr, bien sûr. Vous avez dû tomber sur l'objet plus ou moins par accident. Vous êtes des jeunes gens chanceux, pas vrai ? Bon, alors quelle est la suite du programme ? Mrs Skillicorn aura-t-elle l'obligeance de nous donner les nouveaux indices ?

Mais apparemment, ce troisième jeu d'indices avait été déposé chez les hommes de loi, et nous nous rendîmes tous trois à leur bureau, où les enveloppes cachetées nous furent remises.

Le contenu en était simple. Une carte sur laquelle une certaine zone était cochée, et à laquelle était jointe une feuille d'instructions. †

En 85, ce lieu est entré dans l'histoire.
Dix pas depuis le point de repère
Vers Est, puis dix pas égaux
Vers Nord. Là, tournez-vous
Vers Est. Deux arbres sont dans votre
Champ de vision. L'un d'eux
Était sacré sur cette île. Tracez
Un cercle à cinq pas du

159

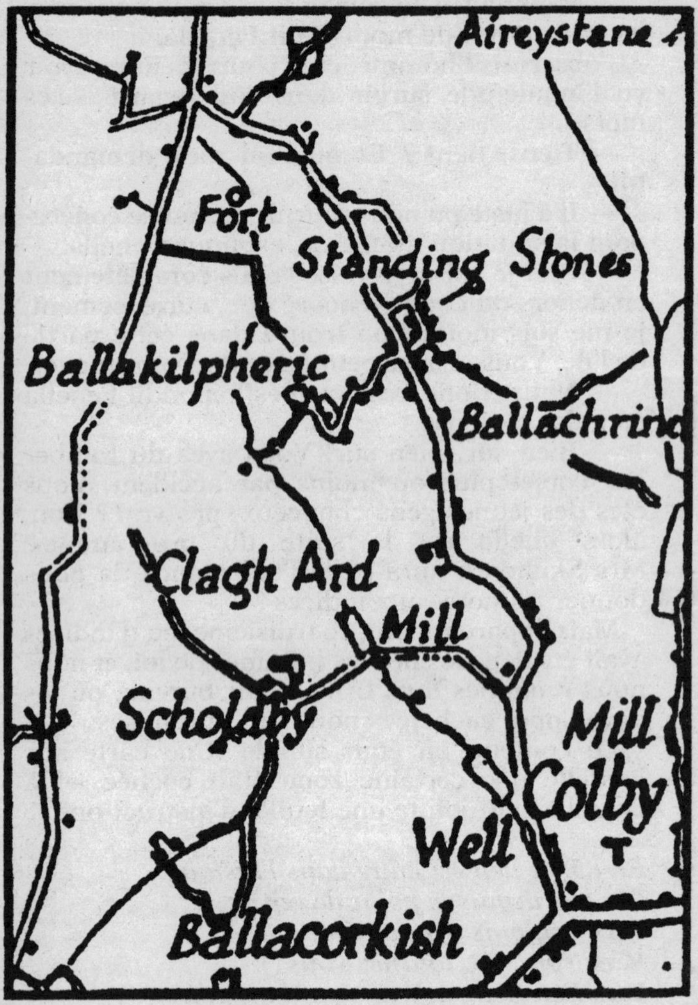
Aireystane
Fort
Standing Stones
Ballakilpheric
Ballachrin
Clagh Ard
Mill
Scholaby
Mill
Colby
Well
Ballacorkish

Châtaignier d'Espagne et,
La tête baissée, faites-en le tour. Regardez bien.
Vous trouverez.

— On dirait que nous allons nous marcher quelque peu sur les pieds aujourd'hui, commenta le docteur.

Fidèle à ma politique d'apparente sympathie, je lui proposai de l'emmener dans notre voiture, ce qu'il accepta. Nous déjeunâmes à Port Erin, puis commençâmes nos recherches.

J'avais débattu à part moi de la raison pour laquelle mon oncle avait déposé ce nouveau jeu d'indices chez son homme de loi. Avait-il anticipé la possibilité d'un vol ? Et avait-il décidé que pas plus d'un jeu d'indices ne devait tomber en la possession du voleur ?

La chasse au trésor, cet après-midi-là, ne fut pas exempte d'un certain humour. Le secteur des recherches étant limité, nous étions continuellement en vue les uns des autres. Nous nous épiâmes avec suspicion, chacun essayant de déterminer si l'autre prenait de l'avance ou avait eu une inspiration.

— Tout ça fait partie du plan d'oncle Myles, dit Fenella. Il voulait que nous nous observions et que nous subissions le supplice de penser que l'autre allait arriver le premier.

— Allons, dis-je. Il faut nous y mettre scientifiquement. Nous avons un seul indice clair comme base de départ. « *En 85, ce lieu est entré dans l'histoire.* » Consulte les ouvrages de référence que nous avons avec nous, et voyons si nous ne pouvons pas trouver de quoi il s'agit. Une fois que nous serons fixés...

— Il cherche dans cette haie, l'interrompit Fenella. Oh ! je n'y tiens plus. S'il a mis la main dessus...

— Écoute-moi un peu, dis-je. Il n'y a vraiment qu'une seule façon de s'y prendre : la bonne.

— Il y a si peu d'arbres sur l'île que ce serait bien plus simple de chercher tout bonnement un châtaignier ! dit Fenella.

Je passe sur l'heure qui suivit. Nous nous échauffâmes et sombrâmes dans l'abattement... en plus, nous étions constamment torturés par la crainte que Fayll pourrait être en train de réussir tandis que nous échouions.

— Je me rappelle avoir un jour lu dans un roman policier, dis-je, comment un type avait plongé un papier écrit dans un bain d'acide – et toutes sortes d'autres mots étaient apparus.

— Tu crois que... mais nous n'avons pas de bain d'acide !

— Je ne pense pas qu'oncle Myles pouvait compter sur des connaissances très poussées en chimie. Mais il y a la chaleur tout ce qu'il y a d'ordinaire...

Nous nous faufilâmes derrière une haie et, au bout d'une minute ou deux, j'étais parvenu à enflammer quelques brindilles. Je tins le papier aussi près des flammes que je l'osai. Presque immédiatement, je fus récompensé en voyant des caractères commencer d'apparaître au bas de la feuille. Il y avait juste deux mots.

— « Kirkhill Station », lut Fenella.

Juste à ce moment, Fayll contourna notre haie. S'il avait entendu ou non, nous n'avions aucun moyen d'en juger. Il ne manifesta rien.

— Mais, Juan, dit Fenella quand il se fut éloigné, il n'y a pas de gare à Kirkhill !

Elle me tendit la carte tout en parlant.

— Non, dis-je en l'examinant, mais regarde un peu.

Et avec un crayon, je traçai une ligne sur la carte.

— Mais bien sûr ! Et quelque part sur cette ligne...

— Exactement.

— Mais il nous faudrait connaître l'endroit exact.

C'est alors que ma seconde inspiration me vint.

— On le connaît ! m'exclamai-je.

Et, saisissant le crayon à nouveau, je lançai :

— Regarde !

Fenella poussa un cri.

— Que c'est bête ! s'écria-t-elle. Et merveilleux ! Quel attrape-nigaud ! Vraiment, oncle Myles était un vieux monsieur très ingénieux !

Le moment était venu de prendre connaissance du dernier indice. Lequel, nous avait prévenus l'homme de loi, ne lui avait pas été confié. Il devait nous être posté sur réception d'une carte postale envoyée par lui. Il ne voulut nous communiquer aucune autre information.

Rien cependant n'arriva le matin où il aurait dû nous parvenir et, persuadés que Fayll avait trouvé un moyen d'intercepter notre lettre, Fenella et moi traversâmes les pires angoisses. Le lendemain, néanmoins, nos craintes furent calmées et le mystère expliqué quand nous reçûmes le message suivant, griffonné par une analphabète :

Cher monsieur ou madame,
Escusez le retard, mais j'était toute sans dessu dessou[1] *et je fait maintenant comme Mr Myle-*

---

1. En anglais : *all sixes and sevens* (Ndt).

charane m'a demander et vous envoi le bout de papié qu'étais dans ma famille depuit des tas d'annés, bien que je sé pas ce qui voulé en fair.
  En vous remairsian,

Mary Kerruish

— Cachet de la poste : Bride, remarquai-je. Voyons ce « bout de papié qu'étais dans ma famille » ! †

Sur une pierre, un signe vous verrez.
Ô, dites-moi, de quelle pointe
d'Humour s'agit-il ? Tout d'abord, (A). Près
De là vous trouverez, soudain, la lumière
Que vous cherchez. Puis (B). Maison. Un
Cottage avec du chaume et mur.
Un sentier sinueux le longe. C'est tout.

— C'est très injuste de commencer par une pierre, dit Fenella. Il y a des pierres partout. Comment deviner laquelle porte un signe ?
— Si nous pouvions décider du secteur, dis-je, il devrait être relativement aisé de trouver la pierre. Elle doit porter une marque signalant une direction donnée, et dans cette direction il y aura quelque chose de caché qui nous donnera une indication pour la découverte du trésor.
— Je crois que tu as raison, dit Fenella.
— C'est le A. Le nouvel indice nous donnera une idée de l'endroit où trouver B, le cottage. Le trésor proprement dit est caché sur un sentier qui longe le cottage. Mais il est clair que nous devons d'abord trouver A.
En raison de la difficulté de la première étape, le dernier problème d'oncle Myles s'avéra un vrai casse-tête. C'est à Fenella que revient le mérite de sa résolution – et malgré cela, elle n'y

parvint qu'au bout de près d'une semaine. De temps à autre, nous étions tombés sur Fayll dans notre exploration des régions rocailleuses, mais le secteur des recherches était étendu.

Quand nous parvînmes finalement à découvrir la solution, la soirée était très avancée. Trop tard, déclarai-je, pour nous rendre à l'endroit indiqué. Fenella n'était pas d'accord :

— Suppose que Fayll le découvre, lui aussi. Et que nous attendions demain, alors que lui part ce soir. Nous nous en mordrions les doigts !

Soudain, une idée merveilleuse me vint à l'esprit.

— Fenella, demandai-je, tu crois toujours que c'est Fayll qui a assassiné Ewan Corjeag ?

— Oui.

— Alors je crois que nous avons maintenant une chance de lui faire porter la responsabilité de ce crime.

— Cet homme me donne le frisson. Il est mauvais de la tête aux pieds. Dis-moi comment tu comptes procéder.

— Nous allons déclarer publiquement que nous avons trouvé A. Puis nous nous mettrons en route. Dix contre un qu'il nous suivra. C'est un endroit isolé – exactement ce qui ferait son affaire. Si nous faisons semblant de trouver le trésor, il se montrera.

— Et alors ?

— Et alors, dis-je, il aura une petite surprise.

Il était près de minuit. Nous avions laissé la voiture à quelque distance, et nous avancions lentement en longeant un mur. Fenella avait une puissante torche dont elle se servait. Quant à moi, j'avais un revolver. Je n'avais pas voulu prendre le moindre risque.

Soudain, avec un cri étouffé, Fenella s'immobilisa.

— Regarde, Juan ! s'écria-t-elle. Nous le tenons ! Enfin !

L'espace d'un instant, je relâchai mon attention. Poussé par l'instinct, je pivotai sur moi-même... mais trop tard. Fayll se tenait à six pas de nous et son revolver nous couvrait tous les deux.

— Bonsoir, dit-il. Cette manche me revient. Vous allez me remettre ce trésor, s'il vous plaît.

— Vous plairait-il que je vous remette également autre chose ? demandai-je. La moitié d'un cliché arraché à la main d'un mourant ? *Vous avez l'autre moitié, je crois*.

Sa main trembla.

— Qu'est-ce que vous racontez ? gronda-t-il.

— La vérité est connue, dis-je. Corjeag et vous étiez là ensemble. Vous avez tiré l'échelle et lui avez défoncé le crâne avec cette pierre. La police est plus finaude que vous ne l'imaginez, Dr Fayll.

— Alors ils savent, hein ? Dans ces conditions, je serai pendu pour trois meurtres au lieu d'un !

— À terre, Fenella ! hurlai-je.

Et à la même seconde, son revolver retentit bruyamment.

Nous nous étions tous deux jetés dans la bruyère et, avant qu'il n'ait eu le temps de tirer à nouveau, des hommes en uniforme surgirent de derrière le mur où ils étaient dissimulés. Un moment après, Fayll, à qui on avait passé les menottes, fut emmené.

Je pris Fenella dans mes bras.

— Je savais que j'avais raison, dit-elle, tremblante.

— Chérie ! m'écriai-je, c'était trop risqué. Il aurait pu te tuer.

— Mais il ne l'a pas fait, dit Fenella. Et nous savons où se trouve le trésor.
— Ah bon ?
— Moi, oui. Tu vois... (Elle griffonna un mot :) Nous irons le chercher demain. M'est avis qu'il ne doit pas y avoir beaucoup de cachettes là-bas.

Il était tout juste midi quand :
— Eurêka ! dit doucement Fenella. La quatrième tabatière. Nous les avons toutes. Oncle Myles serait content. Et maintenant...
— Maintenant, dis-je, nous pouvons nous marier et vivre heureux ensemble jusqu'à la fin de nos jours.
— Nous vivrons dans l'île de Man, dit Fenella.
— Avec l'or de Man, renchéris-je.
Et j'éclatai d'un rire joyeux.

Traduit de l'anglais par Pascal Aubin

Postface

Juan et Fenella sont cousins germains et ressemblent beaucoup à Tommy et Tuppence Beresford, les détectives éponymes du recueil Le crime est notre affaire *(1929) et de plusieurs romans ultérieurs. Ils sont également très proches des jeunes « limiers » apparaissant dans tous les premiers « thrillers » de Christie, tels que* Le Secret de Chimneys *(1925) et* Pourquoi pas Evans ? *(1934). Dans la réalité, comme dans la nouvelle, le « trésor » avait la forme de quatre tabatières, chacune approximativement de la taille d'une boîte d'allumettes. Les tabatières contenaient chacune un demi-penny manxois du XVIIIe siècle, percé d'un trou, à travers lequel était nouée une longueur de ruban coloré. Chaque tabatière contenait également un document soigneusement plié, exécuté avec de nombreuses fioritures à l'encre de Chine et signé de la main d'Alderman Crookall, qui instruisait le gagnant de se rendre immédiatement auprès du clerc à la mairie de Douglas, la capitale de l'île de Man. On demandait aux gagnants d'emporter avec eux la tabatière et son contenu pour se voir remettre un prix de cent livres (l'équivalent d'environ 3 000 livres, ou 30 000 francs actuels). Ils devaient également apporter avec eux une preuve d'identité, car seuls les visiteurs étaient autorisés à chercher le trésor ; les résidents de l'île n'en avaient pas le droit.*

« *Un minimum de jugeote devrait permettre à n'importe qui de découvrir le trésor.* »

L'unique fonction du premier indice de « *L'Or de Man* », *le poème commençant par* « *Quatre aires de vents aurez en tête* » *et publié dans le* Daily Dispatch *le samedi 31 mai, était d'indiquer que les quatre trésors seraient trouvés au nord, au sud et à l'ouest de l'île, mais pas à l'est. L'indice concernant l'emplacement de la première tabatière était en fait le deuxième indice, une carte publiée le 7 juin. Cependant, le trésor avait déjà été découvert à ce moment, parce que des indices suffisants de son emplacement étaient contenus dans la nouvelle. Le gagnant était un tailleur d'Inverness, William Shaw, qui, d'après les journaux locaux, avait célébré sa découverte en courant en rond, agitant la tabatière,* « *tandis que son épouse avait été trop excitée pour parler pendant plusieurs minutes* » *!*

L'indice le plus important était la remarque de Fenella disant que la cachette se trouvait à proximité de l'endroit « *où le Derby se courait à l'origine... avant qu'il ne soit transféré à Epsom* ». *Il s'agit d'une référence à la célèbre course hippique anglaise, qui au départ se courait à Derbyhaven, au sud-est de l'île de Man. L'île* « *toute proche* » *vers laquelle* « *un passage secret* » *était censé conduire depuis une ferme peut aisément être identifiée comme l'île de St Michael sur laquelle, outre la chapelle de St Michael datant du* XIIe *siècle, se trouve une tour circulaire de pierre connue sous le nom de Derby Fort, et de laquelle l'île tire son autre nom, Fort Island –* « *la réunion des deux est une combinaison probable qui ne semble se produire nulle part ailleurs ».* Le fort était représenté sur la carte par un cercle dont partaient six lignes, pour figurer les six canons historiques – « *il y en a six* » – du fort ; la chapelle était représentée par une croix.

La petite tabatière d'étain était cachée sur une corniche de pierre qui courait vers le nord-est d'entre les deux canons du milieu – « *entre ces deux-là... Tu as la boussole ?* » – tandis que la suggestion initiale de Juan selon laquelle l'indice « *semble indiquer clairement le nord-est de l'île* » était une fausse piste.

« Trop facile »

La deuxième tabatière, apparemment faite de corne, fut localisée le 9 juin par Richard Highton, un entrepreneur du Lancashire. Comme Fenella le dit clairement au meurtrier Dr Fayll, les dernières paroles d'Ewan Corjeag « *D'ye ken...* » sont un indice concernant la situation du trésor. En fait, ce sont les premiers mots de la chanson traditionnelle anglaise *John Peel* qui parle d'un chasseur du Cumberland et, quand Juan suggérait que « *Bellman et True* » était « *le nom d'une entreprise qui pourrait nous aider* », il ne faisait pas allusion au « *cabinet d'hommes de loi de Douglas* » mentionné au début de la nouvelle mais à deux des chiens de John Peel, nommés dans la chanson. Avec ces indices, le sujet du cliché déchiré, qui fut publié comme troisième indice le 9 juin, n'était pas « *très difficile à identifier* » : il s'agissait des ruines de Peel Castle, un château du XIVe siècle sis sur l'île de St Patrick, et les lignes courbes à gauche de la photographie étaient les circonvolutions de l'accoudoir d'un banc situé sur Peel Hill, d'où l'on a *vue sur le château en contrebas, et sous lequel la tabatière était cachée. L'excursion en autocar jusqu'au Snaefelle, le plus haut sommet de l'île de Man, était une fausse piste.*

« Plus ou moins par accident »

Le troisième « trésor » fut découvert par Mr Herbert Elliott, officier mécanicien dans la marine, natif de Man et habitant Liverpool. Mr Elliott affirma plus tard qu'il n'avait pas lu « L'Or de Man » ni même étudié les indices, mais avait simplement décidé d'un secteur plausible où, très tôt dans la matinée du 8 juillet, il trouva par hasard la tabatière, cachée dans une rigole.

Le principal indice concernant son emplacement était caché dans le quatrième indice, publié le 14 juin (le poème commençant par « En 85, ce lieu est entré dans l'histoire »), dans lequel le deuxième mot de chaque vers donne le message :

« 85 pas est nord est de sacré cercle d'Espagne tête[1]. »

Le « cercle sacré » est le cercle de Meayll sur Mull Hill, monument mégalithique à un peu plus d'un mile de Spanish Head, le point le plus méridional de l'île. Les références à un événement important « en 85 » et à un châtaignier d'Espagne, qui d'après les comptes rendus de l'époque s'avérèrent une diversion pour de nombreux concurrents, étaient de fausses pistes. Quant à « Kirkhill Station », l'indice découvert par Juan, Fenella déclare avec raison que l'endroit n'existe pas. Cependant, il existe un village du nom de Kirkhill, et il y a également une station de chemin de fer à Port Erin, où Juan et Fenella avaient déjeuné avant de partir en

---

1. En anglais : *Spanish Head* (Ndt).

chasse. Si l'on trace une ligne de Kirkhill à Port Erin et qu'on la prolonge vers le sud, elle finit par traverser le cercle de Meayll, « l'endroit exact » identifié par Juan.

« Un vrai casse-tête »

Malheureusement, comme c'était le cas pour les indices concernant l'emplacement de la troisième tabatière, ceux concernant la quatrième ne furent jamais résolus. Le cinquième et dernier indice, le poème commençant par « Sur une pierre, vous verrez un signe » fut publié le 21 juin, mais le 10 juillet, à la fin de la prolongation autorisée pour la chasse au trésor, qui à l'origine devait se terminer à la fin du mois de juin, le dernier trésor fut « enlevé » par le maire de Douglas. Deux jours plus tard, en guise de « suite » à la nouvelle, le Daily Dispatch *publia une photographie de l'événement et l'explication de Christie pour le dernier indice :*

« Ce dernier indice me fait encore sourire quand je me rappelle le temps que nous avons perdu à chercher des pierres portant une inscription. Le véritable indice était si simple – les mots *sixes and sevens* dans la lettre de couverture.

» Prenez les sixième et septième mots de chaque vers du poème, et vous obtenez ceci : *"Vous verrez. Pointe d' (A). Près le phare*[1] *un mur."* Par *"cherchez la pointe d'(A)"*, nous entendions la Pointe d'Ayre. Nous passâmes quelque temps à repérer le bon mur, mais le trésor ne s'y trouvait pas. À sa place, il y avait

---

1. Dans le texte français, « la lumière / maison », *light house* (phare) dans l'original (Ndt).

quatre chiffres – 2, 5, 6 et 9 griffonnés sur une pierre.

» Appliquez-les aux lettres du premier vers du poème[1], et vous obtenez le mot "park". Il n'y a qu'un seul vrai parc dans l'île de Man, à Ramsey. Nous fouillâmes ce parc, et trouvâmes enfin ce que nous cherchions. »

La bâtisse à toit de chaume dont il est question était un petit kiosque à rafraîchissements, et le sentier passant près du kiosque conduisait à un mur couvert de lierre qui constituait la cachette de l'insaisissable tabatière. Le fait que la lettre avait été postée à Bride était un indice supplémentaire, puisque ce village se trouve près du phare de la Pointe d'Ayre, pointe la plus septentrionale de l'île.

Il est impossible de juger si oui ou non « L'Or de Man » fut un moyen efficace de promouvoir le tourisme sur l'île de Man. Il apparaît qu'il y eut à coup sûr plus de visiteurs en 1930 qu'au cours des années précédentes, mais jusqu'à quel point cette augmentation pourrait être attribuée à la chasse au trésor, voilà qui est loin d'être clair. Les commentaires de la presse de l'époque montrent que nombreux étaient ceux qui doutaient qu'elle eût été de la moindre utilité et, au cours d'un déjeuner officiel qui marqua la fin de la chasse, Alderman Crookall répondit à un discours de remerciement en fulminant contre ceux qui n'avaient pas fait de publicité à la chasse au trésor : c'étaient « des fainéants et des rouspéteurs qui ne faisaient jamais rien d'autre que formuler des critiques ».

Le fait que les insulaires n'aient pas été autorisés à prendre part à la chasse fut peut-être une

---

1. En anglais : *Upon a rock, a sign you'll see* (Ndt).

cause de l'apathie de ces derniers, et ce en dépit du fait que le Daily Dispatch *offrait au résident manxois chez qui séjournait chaque gagnant un prix de cinq guinées, équivalant à environ 150 livres (1 500 francs) d'aujourd'hui. Cela explique peut-être également divers actes de « sabotage » sans gravité tels que le dépôt de fausses tabatières et de prétendus indices, dont une pierre sur laquelle le mot « soulevez » était peint, mais sous laquelle ne se trouvait rien de plus intéressant que diverses épluchures.*

S'il n'y eut jamais d'autre événement comparable à la chasse au trésor de l'île de Man, Agatha Christie, elle, continua de bâtir des intrigues policières sur un thème similaire. La plus ressemblante étant le défi posé à Charmian Stroud et Edward Rossiter par leur excentrique oncle Matthew dans Le Mot pour rire *(1941), une histoire de miss Marple publiée en France dans le recueil* Marple, Poirot, Pyne et les autres. *Il y a également une « course à l'assassin » construite de la même manière dans le roman* Poirot joue le jeu *(1956).*

EN DEDANS D'UNE MURAILLE

(Within a Wall)

Ce fut Mrs Lemprière qui, la première, découvrit l'existence de Jane Haworth. Il n'aurait, cela va de soi, pas pu en aller autrement. Quelqu'un a dit un jour de Mrs Lemprière qu'elle était, et de fort loin, la femme la plus haïe de Londres, mais j'estime qu'il y a là quelque exagération. Ce qui ne fait néanmoins pas de doute, c'est qu'elle a le chic pour tomber sur la chose au monde que vous souhaitez le moins voir divulguer et qu'elle met un réel génie à le faire. Cela se produit toujours par le plus grand des hasards.

En l'occurrence, nous avions pris le thé dans l'atelier d'Alan Everard. Ces thés, il les donnait de temps à autre et restait immanquablement planté dans les coins, affublé d'oripeaux hors d'âge, à faire sonner sa menue monnaie dans ses poches et à sembler au supplice.

Je ne crois pas que quiconque puisse aujourd'hui dénier à Everard le titre de peintre génial. Ses deux plus fameuses toiles, *Couleur* et *Le Connaisseur*, qui appartiennent à sa première période, avant qu'il ne devienne portraitiste à la mode, ont été acquises l'an dernier par les musées nationaux sans que, pour une fois, ce choix ne soulève la moindre controverse. Mais à la date dont je vous parle, Everard commençait seulement à trouver sa voie et il nous était donc loisible de considérer que c'était nous qui l'avions pour ainsi dire inventé.

Ces réceptions, c'était sa femme qui les organisait. L'attitude d'Everard à son égard était assez particulière. Qu'il adorât Isobel, c'était évident et allait tout naturellement de soi. L'adoration était son dû. Mais il semblait toujours persuadé d'avoir une dette envers elle. Et s'il accédait au moindre de ses désirs, ce n'était pas tant par faiblesse que par l'inébranlable conviction qu'elle possédait le droit de n'en faire qu'à sa tête. À bien y réfléchir, j'imagine qu'il n'y avait après tout rien là que de très naturel.

Car Isobel Loring avait de tous temps été réellement adulée. Quand elle fit son entrée dans le monde, elle venait d'être *la* débutante de la saison. Beauté, situation mondaine, usages, cervelle : si l'on excepte l'argent, elle avait tout. Personne ne s'attendait à ce qu'elle fasse un mariage d'amour. Elle n'était pas fille à ça. Au cours de sa seconde saison, elle avait déjà trois prétendants à ses pieds : l'héritier d'un duché, un politicien en pleine ascension et un millionnaire sud-africain. Et puis, à la surprise générale, elle avait épousé Alan Everard – jeune peintre tirant le diable par la queue et dont personne n'avait jamais entendu parler.

C'était en hommage à sa personnalité, j'imagine, que tout le monde continuait à l'appeler Isobel Loring. Personne n'en parlait comme d'Isobel Everard. On disait : « J'ai vu Isobel Loring ce matin. Oui... avec son mari, ce freluquet d'Everard, ce type qui peint. »

Les gens disaient d'Isobel qu'elle s'était « faite elle-même ». Être connu comme « le mari d'Isobel Loring » aurait, m'est avis, suffi à « faire » n'importe quel homme. Mais Everard était d'une autre trempe. Le flair d'Isobel pour le succès n'avait après tout pas été pris en défaut. Alan Everard peignit *Couleur*.

Je veux croire que tout le monde connaît ce tableau : une section de route creusée d'une tranchée, la terre retournée, rougeâtre, une buse de drainage d'un brun rouge vernissé, et le terrassier, un instant au repos, colosse appuyé sur le manche de sa bêche... silhouette herculéenne vêtue de velours côtelé maculé de boue, avec un mouchoir rouge noué autour du cou. Dénués d'intelligence, vides d'espoir mais dans un inconscient plaidoyer muet, ses yeux vous dévisagent depuis la toile, les yeux de la brute dans toute sa splendeur. C'est une œuvre flamboyante – une symphonie d'orange et de rouge. Toute une littérature a été écrite sur son symbolisme, sur ce qu'elle est censée exprimer. Alan Everard, quant à lui, prétend n'avoir rien voulu exprimer du tout. Il était à l'époque, affirme-t-il, au bord de la nausée après avoir été obligé de passer en revue une collection de couchers de soleil à Venise et l'irrépressible envie d'une débauche de couleurs strictement anglaises s'était soudain emparée de lui.

Après cela, Everard donna au monde cette représentation picturale devenue légendaire d'une taverne de bas étage : *Romance*, la rue et son macadam noir sous la pluie... la porte entrouverte, les lumières et le scintillement des verres, le petit homme au visage de fouine s'y engouffrant, chétif, minable, insignifiant, lèvres écartées et regard avide, entrant là pour oublier.

La force de ces deux tableaux lui valut d'être porté aux nues et de se voir décerner le titre de peintre du « monde ouvrier ». Il possédait enfin son créneau. Mais il avait refusé d'y rester cantonné. Sa troisième œuvre, et la plus brillante, avait été un portrait en pied de sir Rufus

Herschman. L'homme de science bien connu est peint sur fond de cornues, de creusets et de paillasses de laboratoire. L'ensemble produit ce qu'on pourrait qualifier d'effet cubiste mais les lignes de perspective en sont étranges.

Et maintenant il venait de terminer son quatrième tableau : un portrait de sa femme. Nous avions été invités à le voir et à le critiquer. Everard, lui, faisait la tête et regardait par la fenêtre ; Isobel Loring passant de groupe en groupe, parlait technique avec une justesse infaillible.

Nous y allâmes de nos commentaires. Il le fallait bien. Nous louâmes la matière du satin rose. Le traitement de l'étoffe, affirmâmes-nous, était réellement prodigieux. Personne n'avait encore jamais peint le satin de cette façon-là.

Mrs Lemprière, qui est l'un des critiques d'art les plus intelligents que je connaisse, me prit presque aussitôt à part.

— Mon petit George, me dit-elle, qu'est-ce qui lui est arrivé ? Ce truc est mort. C'est lisse. C'est... oh ! c'est infect.

— Portrait d'une Dame en satin rose ? suggérai-je.

— Exactement. Et cependant la technique est parfaite. Et le mal qu'il s'est donné ! Il y a assez de travail ici pour vingt-cinq toiles au bas mot.

— Trop léché, d'après vous ?

— C'est peut-être ça. Si tant est qu'il y ait eu là quelque chose, il l'a détruit. Une femme remarquablement belle dans sa robe de satin rose. Pourquoi pas une photo en couleur ?

— Pourquoi pas, en effet ? acquiesçai-je. Vous croyez qu'il s'en rend compte ?

— Bien sûr, fit Mrs Lemprière avec mépris. Vous ne voyez pas que ce garçon est au bout du rouleau ? C'est probablement ce qui vous pend au nez quand vous mêlez affaires et sentiments.

Il a mis toute son âme à peindre Isobel, parce qu'elle est Isobel et, en l'idéalisant, il l'a ratée. Il s'est montré trop gentil. Il faut parfois... il faut parfois détruire la chair avant de pouvoir effleurer l'âme.

Je hochai la tête en me remémorant un autre portrait. Sir Rufus Herschman n'avait pas été physiquement flatté, mais Everard était parvenu à conférer à son portrait une personnalité inoubliable.

— Et pourtant Isobel en impose tellement, poursuivit Mrs Lemprière.

— Peut-être Everard est-il incapable de peindre les femmes ? hasardai-je.

— Peut-être, en effet, fit pensivement Mrs Lemprière. Oui, il n'est pas exclu que ce soit l'explication.

Et c'est alors que, avec son habituel génie pour l'à-propos, elle s'empara d'une toile posée par terre dans un coin, face tournée vers le mur. Il y en avait sept ou huit, entassées là au petit bonheur. Et ce fut pur hasard si Mrs Lemprière sélectionna précisément celle-là... mais, comme je l'ai dit plus haut, Mrs Lemprière a le chic pour ça.

— Tiens donc ! s'exclama-t-elle en la tournant à la lumière.

Elle n'était par terminée, loin de là, elle était à peine esquissée.

La femme du portrait, ou plutôt la jeune femme – elle n'avait à mon avis pas plus de vingt-cinq ou vingt-six ans –, était penchée en avant, le menton dans la main. Deux détails me frappèrent aussitôt : l'extraordinaire vitalité du tableau et son étonnante cruauté. Everard l'avait peint d'un pinceau vengeur. La pose même était cruelle – elle mettait en évidence chaque défaut, chaque méplat un peu trop accusé, la moindre imperfection. C'était une étude en marron... robe marron, fond marron, yeux marron... des yeux ardents, pleins d'un désir silencieux. La passion, en effet, était la dominante de la toile.

Mrs Lemprière l'examina en silence pendant quelques minutes. Puis elle appela Everard :

— Alan ! Venez un peu par ici. Qui est-ce, ça ?

Everard arriva, obéissant. Je remarquai dans son regard le soudain éclair de contrariété qu'il ne put dissimuler tout à fait.

— Ce n'est qu'un barbouillage, se défendit-il. Je ne crois pas que je le terminerai jamais.

— Qui est-ce ? insista Mrs Lemprière.

Everard n'avait manifestement aucune envie de répondre, et cette réticence était pain bénit pour Mrs Lemprière qui, par principe, envisage toujours le pire.

— Une de mes amies. Miss Jane Haworth.

— Je ne l'ai jamais rencontrée ici, souligna Mrs Lemprière.

— Elle ne vient pas à ce genre de vernissages. (Il se tut une minute, puis ajouta :) Elle est la marraine de Winnie.

Winnie, cinq ans, était la fillette du couple Everard.

— Vraiment ? s'étonna Mrs Lemprière. Où habite-t-elle ?

— À Battersea. Un appartement.

— Vraiment, répéta Mrs Lemprière avant d'ajouter : Et qu'est-ce qu'elle a bien pu vous faire ?

— Me faire ? À moi ?

— À vous. Pour vous rendre si... brutal.

— Oh, ça ! fit-il en riant. Eh bien, voyez-vous, ce n'est pas une beauté. Je ne peux pas en faire une Vénus sous prétexte d'amitié, non ?

— Vous avez fait le contraire, dit Mrs Lemprière. Vous avez mis en lumière chacun de ses défauts, vous les avez exagérés, vous l'avez caricaturée. Vous avez essayé de la rendre grotesque... Mais vous n'y êtes pas arrivé, mon petit. Ce portrait, si vous l'achevez, il vivra.

Everard le prit assez mal.

— Ce n'est pas mauvais, admit-il du bout des lèvres. Pour une pochade, s'entend. Mais, bien sûr, ça n'arrive pas à la cheville du portrait d'Isobel. Ça, c'est de très loin la meilleure chose que j'aie jamais faite.

Il avait prononcé les derniers mots avec agressivité et sur un ton de défi. Nous ne relevâmes ni l'un ni l'autre.

— De très loin la meilleure chose, répéta-t-il.

Quelques-uns des autres s'étaient rapprochés de nous. Eux aussi, ils avisèrent la toile ébauchée. Exclamations et commentaires fusèrent de toutes parts. L'atmosphère commença à s'animer.

C'est de cette façon que j'entendis pour la première fois parler de Jane Haworth. Plus tard, j'allais la rencontrer – la rencontrer à deux reprises. J'allais, de la bouche même d'une de ses amies les plus intimes, entendre des détails sur sa vie. J'allais en apprendre beaucoup d'Alan Everard lui-même. Maintenant qu'ils sont morts tous les deux, je crois qu'il est temps de réfuter certaines des rumeurs malveillantes que Mrs Lemprière s'active à répandre à tous les échos. Traitez d'invention une partie de mon histoire si ça vous chante... elle n'est cependant pas loin de la vérité.

Quand les invités furent partis, Alan Everard tourna de nouveau le portrait de Jane Haworth face au mur. Isobel traversa la pièce pour venir se dresser à son côté.

— Un succès, tu crois ? s'enquit-elle, pensive. Ou... pas tout à fait un succès ?

— Le portrait ? demanda-t-il très vite.

— Non, idiot, la réception. Il va de soi que le portrait est un succès.

— C'est ce que j'ai fait de mieux, décréta Everard, agressif.

— Nous gagnons du terrain, dit Isobel. Lady Charmington veut que tu la peignes.

— Oh, seigneur ! se renfrogna-t-il. Je ne suis pas un portraitiste à la mode, tu sais.

— Tu le deviendras. Tu vas atteindre le sommet.

— Ce n'est pas ce sommet-là que je veux atteindre.

— Mais, Alan chéri, c'est comme ça qu'on arrive à rouler sur l'or.

— Qui a envie de rouler sur l'or ?

— Moi, peut-être, qui sait ? sourit-elle.

Envahi par le remords, il se sentit aussitôt des envies de s'excuser. Si elle ne l'avait pas épousé, sans doute serait-elle parvenue à faire fortune. Et elle en avait besoin. Un certain étalage de luxe était son nécessaire cadre de vie.

— Nous ne nous sommes pas si mal débrouillés ces derniers temps, fit-il d'un ton un peu piteux.

— Non, c'est exact ; mais les factures s'amoncellent.

Les factures... toujours les factures !

Il se mit à marcher en long et en large.

— Oh ! et puis assez ! Je ne veux pas peindre lady Charmington ! éructa-t-il, un peu comme un enfant en colère.

Isobel sourit d'un très léger sourire. Elle se tenait près du feu, sans faire un geste. Alan interrompit son va-et-vient fiévreux pour s'approcher d'elle. Qu'y avait-il en elle, dans son impassibilité, son inertie, qui l'attirait... qui l'attirait comme un aimant ? Qu'elle était belle... ses bras, comme sculptés dans le marbre le plus blanc, l'or pur de ses cheveux, ses lèvres... si rouges et si pleines.

Il les baisa... les sentit répondre aux siennes. Y avait-il quoi que ce soit d'autre qui importât ? Qu'y avait-il chez Isobel qui vous apaisait, qui vous déchargeait de tous vos soucis ? Elle vous attirait dans sa divine inertie et vous y maintenait, béat et satisfait de l'être. Le pavot et la mandragore ; vous y voguiez sur un lac sombre, anesthésié.

— Je peindrai lady Charmington, murmura-t-il bientôt. Quelle importance ? Je m'ennuierai à périr... mais, après tout, même les peintres doivent manger. Voici Mr Dupinceau, le peintre, Mrs Dupinceau, la femme du peintre, et miss Dupinceau, la fille du peintre... tous criant famine.

— Grand nigaud ! ronronna Isobel. À propos de ta fille, tu devrais aller voir Jane, un de ces jours. Elle est passée hier et m'a dit qu'elle ne t'avait pas vu depuis des mois.

— Jane est venue ?

— Oui... voir Winnie.

Alan écarta Winnie :

— Elle a vu ton portrait ?

— Oui.

— Qu'est-ce qu'elle en a dit ?

— Qu'il était splendide.

— Oh !

Perdu dans ses pensées, il fronça les sourcils.

— Je crois que Mrs Lemprière te soupçonne de passion coupable envers Jane, remarqua Isobel. Elle avait l'air de boire du petit lait.

— Quelle garce ! grommela Alan, écœuré.

Quelle garce ! Qu'est-ce qu'elle n'irait pas imaginer ? Qu'est-ce qu'elle ne *va* pas imaginer ?

— Oui, eh bien, *moi*, je n'imagine rien, sourit Isobel. Alors dépêche-toi d'aller voir Jane.

Alan lui jeta un regard en coulisse. Visage à demi-tourné, son sourire s'attardant encore sur ses lèvres, elle était maintenant assise sur un divan très bas, au coin du feu. Et à ce moment-là, il éprouva un instant d'égarement, de vertige, comme si une brume qui trop longtemps avait flotté autour de lui et qui se déchirait enfin lui avait soudain ouvert une échappée vers des territoires inconnus.

Une voix en lui l'interpella : « Pourquoi veut-elle que tu ailles voir Jane ? Il y a une raison. » Parce qu'avec Isobel, il fallait qu'il y ait une raison. Isobel ignorait l'impulsivité, elle ne connaissait que le calcul.

— Tu aimes beaucoup Jane ? demanda-t-il brusquement.

— C'est un ange, dit Isobel.

— Oui, mais est-ce que tu as vraiment de l'amitié pour elle ?

— Bien sûr. Elle se met tellement en quatre pour Winnie. Au fait, elle veut l'emmener à la mer la semaine prochaine. Tu n'y vois pas d'inconvénient, n'est-ce pas ? Cela nous laissera libres pour l'Écosse.

— Ça ne pouvait pas mieux tomber.

C'était, en effet, exactement ça. Ça ne pouvait pas mieux tomber.

Il jeta à Isobel un regard en biais avec un soupçon soudain. Cette prise en charge de Winnie, est-ce qu'elle l'avait *demandée* à Jane ? Jane se laissait si facilement embobiner.

Isobel se leva et sortit de la pièce en fredonnant tout bas. Bah ! quoi qu'il en soit, ça n'avait aucune importance. De toute façon, il irait voir Jane.

Jane Haworth habitait au dernier étage d'un immeuble donnant sur Battersea Park. Quand Everard eut escaladé quatre volées de marches et appuyé sur le bouton de la sonnette, il se sentit en rogne contre Jane. Pourquoi ne pouvait-elle pas vivre dans un endroit plus accessible ? Et quand, n'ayant pas obtenu de réponse, il eut appuyé trois fois sur ce fichu bouton, sa mauvaise humeur ne fit que croître et embellir. Pourquoi ne pouvait-elle pas avoir une bonne capable de venir ouvrir la porte ?

Soudain, celle-ci s'ouvrit et ce fut Jane elle-même qui se dressa sur le seuil. Elle avait le sang au visage.

— Où est Alice ? interrogea Everard, sans même se soucier de salutations.

— Eh bien, je crains que... je veux dire... elle n'est pas bien, aujourd'hui.

— Elle est ivre morte, c'est ça ? gronda Everard, furibond.

Quel dommage que Jane soit une menteuse aussi invétérée.

— J'imagine que c'est le cas, répondit Jane à contrecœur.

— Laisse-moi aller voir.

Il traversa l'appartement à grandes enjambées, Jane lui emboîta le pas avec une soumission désarmante. Il trouva la dénommée Alice, la coupable Alice, à la cuisine. Il n'y avait aucun doute quant à l'origine de son état. Il suivit Jane dans le salon dans un silence menaçant.

— Il faut que tu te débarrasses de cette ivrognesse, tempêta-t-il bientôt. Ce n'est pas la première fois que je te le dis.

— Je le sais très bien, Alan, mais je ne peux

pas le faire. Tu oublies que son mari est en prison.

— Où il se trouve parfaitement à sa place, décréta Everard. Combien de fois cette créature s'est-elle soûlée depuis les trois mois que tu l'as à ton service ?

— Pas tellement souvent ; peut-être bien quatre ou cinq fois. Elle fait de la dépression, tu sais.

— Quatre ou cinq ! Neuf ou dix serait plus près du compte. Comment est sa cuisine ? Immangeable. T'est-elle le moins du monde une aide, te facilite-t-elle la vie dans cet appartement ? En rien. Bon Dieu, flanque-la dehors demain matin et embauche une fille qui puisse t'être d'une quelconque utilité !

Jane le regarda d'un air malheureux.

— Tu ne le feras pas, maugréa Everard en s'enfonçant dans un grand fauteuil. Tu es une créature tellement *impossiblement* sentimentale. Qu'est-ce que c'est encore que cette histoire ? Tu emmènes Winnie à la mer ? Qui a suggéré ça, Isobel ou toi ?

— Moi, bien sûr, s'empressa d'affirmer Jane.

— Jane, dit Everard, si seulement tu apprenais à dire la vérité, je me mettrais à éprouver beaucoup d'affection pour toi. Alors maintenant assieds-toi et, pour l'amour du ciel, tâche de rester au moins dix minutes sans débiter de mensonges.

— Oh, Alan ! gémit Jane en s'asseyant.

Le peintre l'examina d'un œil critique pendant une minute ou deux. Mrs Lemprière – cette garce – avait raison. Il s'était montré très cruel dans sa façon de peindre Jane. Jane était presque belle... sinon belle tout court. Les longues courbes de son corps obéissaient aux plus purs canons de la beauté grecque. C'était ce désir éperdu qu'elle avait de lui plaire qui la rendait gauche et pataude. Il s'était obnubilé là-dessus... il l'avait exagéré... il avait durci le modelé de son menton certes un peu trop pointu, il avait déjeté sa silhouette dans une pose disgracieuse.

Pourquoi ? Pourquoi lui était-il impossible de rester cinq minutes dans la même pièce que Jane sans éprouver à son égard une irritation croissante ? On pourra dire ce qu'on voudra, Jane avait beau être adorable, elle n'en était pas moins exaspérante. Avec elle, il n'était jamais en paix ni détendu comme il l'était avec Isobel. Et pourtant Jane était toujours tellement anxieuse de lui faire plaisir, tellement désireuse de tomber d'accord avec le moindre de ses avis... mais hélas ! tellement transparente aussi et si manifestement incapable de dissimuler le fond de sa pensée.

Il regarda autour de lui. Du Jane tout craché. Quelques objets ravissants, de pures merveilles – cet émail de Battersea, par exemple – et, juste à côté, un effroyable vase orné de roses peintes à la main.

Il empoigna ce dernier :

— Est-ce que tu le prendrais très mal, Jane, si je flanquais ce machin par la fenêtre ?

— Oh ! Alan, je t'en prie...

— Qu'est-ce que tu cherches à prouver en collectionnant ce genre de cochonneries ? Tu aurais du goût à revendre si seulement tu voulais bien le mettre en pratique. Mais ce ramassis d'horreurs !

— Je sais, Alan. Ne va pas t'imaginer que je n'en suis pas consciente. Mais il se trouve qu'on me fait des cadeaux. Ce vase... miss Bates l'a rapporté de Margate... et elle est si pauvre, et il lui faut grappiller sou par sou, et il a dû lui coûter si cher... cher pour elle, tu vois, et elle se sera dit qu'il me ferait tellement plaisir. Je ne pouvais pas ne pas lui octroyer une place de choix.

Everard ne releva pas. Il continuait à parcourir la pièce des yeux. Il y avait une ou deux eaux-fortes au mur... ainsi qu'une flopée de photos d'enfants en bas âge. Les nouveau-nés, quoi qu'en puissent penser leurs mères, ne sont pas toujours photogéniques. Mais les innombrables amies de Jane n'auraient jamais accouché sans lui dépêcher un instantané de leur progéniture, assurées qu'elles étaient que ces trophées seraient dûment chéris. Et Jane les avait chaque fois chéris comme il se devait.

— Qui est cet abominable gros tas ? interrogea Everard, examinant d'un œil critique une nouvelle recrue, énorme poupard boudiné affligé d'un violent strabisme. Je ne l'avais encore jamais vu, celui-là.

— Celle-là, rectifia Jane. La petite dernière de Mary Carrington.

— Pauvre Mrs Carrington, s'apitoya Everard. J'imagine que tu vas prétendre adorer que cette gamine atroce te contemple toute la sainte journée avec un œil qui dit merde à l'autre ?

Le menton de Jane pointa en avant :

— C'est un bébé adorable. Et Mary est une très vieille amie à moi.

— Loyale Jane, sourit Everard. Brave petit soldat. Alors, comme ça, Isobel a réussi à te coller Winnie sur le dos, pas vrai ?

— Eh bien, elle m'a effectivement dit que vous aviez tous les deux envie d'aller en Écosse, et j'ai sauté sur l'occasion. Tu vas me laisser Winnie, non ? Ça fait une éternité que je me demande si tu accepterais de me la confier, mais je n'ai jamais osé te poser la question.

— Oh ! tu peux l'avoir... Cela dit, c'est rudement gentil de ta part.

— Eh bien, c'est une affaire entendue, se réjouit Jane.

Everard alluma une cigarette.

— Isobel t'a montré le nouveau portrait ? s'enquit-il en mâchonnant quelque peu ses mots.

— Oui.

— Et qu'est-ce que tu en as pensé ?

La réponse de Jane ne se fit pas attendre – pas suffisamment attendre :

— C'est une splendeur. Une absolue splendeur.

Alan sauta sur ses pieds. Sa cigarette tremblait dans sa main :

— Bon Dieu, Jane, pas ça ! Pas à moi ! Arrête donc de mentir !

— Mais, Alan, je t'assure que c'est réellement une absolue splendeur.

— Est-ce que tu n'as pas encore compris qu'il y a belle lurette que je connais toutes les nuances de ta voix ? Si tu me mens comme un arracheur de dents, j'imagine que c'est pour ménager ma susceptibilité. Mais pourquoi ne peux-tu pas être honnête ? Tu crois que j'ai envie de t'entendre me dire qu'une toile est une splendeur quand je sais aussi bien que toi que ce n'est pas le cas ? Ce fichu portrait est mort... mort. Il n'y a pas une once de vie, là-dedans... il n'y a rien derrière, rien que l'apparence, rien que la surface, une misérable surface lisse. Tout du long, je me suis monté le bourrichon... oui, et jusqu'à cet après-midi. Et je suis venu te trouver pour en avoir le cœur net. Isobel ne sait pas ce genre de chose. Mais toi, tu sais, tu as toujours su. Oh ! je savais bien que tu me dirais que c'est bon... tu n'as aucun sens moral, dans ce domaine. Seulement je peux toujours démêler le vrai du faux par le seul timbre de ta voix. Quand je t'ai montré *Romance,* tu n'as rien dit du tout... tu as retenu ton souffle et tu as émis une sorte de râle.

— Alan...

Everard ne lui laissa pas le loisir de parler. Jane était encore en train de produire sur lui l'effet qu'il ne connaissait que trop bien. Bizarre qu'une créature aussi douce puisse le plonger dans de tels accès de fureur.

— Tu crois peut-être que je suis fini ! éructa-t-il. Mais tu es loin du compte. Je suis toujours capable de peindre des toiles tout aussi bonnes que l'était *Romance*... et encore meilleures, si ça se trouve. Tu vas voir ce que tu vas voir, Jane Haworth !

Il quitta l'appartement en coup de vent. Marchant à grandes enjambées, il coupa par Battersea Park et s'engagea sur l'Albert Bridge. Il frémissait encore tout entier de rage et de fureur rentrée. Cette Jane, quand même ! Et d'ailleurs qu'est-ce qu'une fille comme ça pouvait bien connaître à la peinture ? Et qu'est-ce que pouvait bien valoir, une misérable opinion comme la sienne ? Et en quoi est-ce que tout ça pouvait bien l'atteindre ? N'empêche que ça l'atteignait de plein fouet. Il devait peindre quelque chose qui la laisserait pantelante. Ses lèvres s'entrouvriraient à peine tandis que le rouge lui monterait aux joues. Elle commencerait par regarder le tableau, et puis ses yeux se tourneraient vers lui. Et, selon toute probabilité, elle ne dirait rien du tout.

C'est au milieu du pont qu'il vit la toile qu'il allait peindre. Ça lui vint de nulle part. Il la vit là, tracée sur fond de brume. Ou bien était-ce dans sa tête ?

Une petite boutique d'antiquités-brocante sombre, miteuse et un tantinet décrépite. Derrière le comptoir, un Juif – un petit Juif à l'œil rusé. Devant lui, le client, grand type gros et gras, suintant l'argent, bien nourri, opulent, bouffi, bajoues envahissantes. Les surplombant, sur une étagère, un buste de marbre blanc. L'éclairage sur cet endroit précis, sur le visage de marbre de l'éphèbe, sur l'immortelle beauté de la Grèce antique, hautaine et peu soucieuse de commerce ou de troc. Le Juif, le riche collectionneur, la tête de l'éphèbe grec. Il les voyait tous.

— Le Connaisseur, voilà comment je vais l'appeler, marmonna Alan Everard, descendant du trottoir et manquant de justesse se faire écraser par un autobus. Oui, *Le Connaisseur*. Je vais lui *faire voir*, à Jane !

Sitôt rentré à la maison, il s'engouffra tout droit dans son atelier. Isobel l'y trouva en train de trier des toiles vierges.

— Alan, n'oublie pas que nous dînons chez les March.

Everard secoua impatiemment la tête :

— Au diable les March. Il faut que je travaille. Je tiens quelque chose, mais il faut que je le fixe... que je le fixe sur la toile avant que ça ne m'échappe. Téléphone-leur. Dis-leur que j'ai passé l'arme à gauche.

Isobel le considéra un instant, pensive, puis sortit de la pièce. Elle possédait à fond l'art de vivre avec un génie. Elle alla décrocher le téléphone et inventa une excuse plausible.

Bâillant un peu, elle regarda autour d'elle. Puis elle s'assit à son secrétaire et se mit à écrire.

Ma chère Jane,

Merci infiniment pour votre chèque, reçu aujourd'hui. Vous êtes mille fois trop bonne pour votre filleule. Cent livres vont faire des merveilles. Les enfants coûtent les yeux de la tête. Mais vous êtes tellement attachée à Winnie que je n'ai pas cru mal agir en vous appelant à la rescousse. Alan, comme tous les génies, ne peut travailler qu'à ce dont il a envie... et cela ne fait pas toujours bouillir la marmite.

J'espère vous voir sous peu.
Bien à vous,

Isobel

À quelques mois de là, quand *Le Connaisseur* fut achevé, Alan invita Jane à venir le voir. L'œuvre n'était pas tout à fait à la hauteur de ce qu'il avait imaginé – comment cela aurait-il d'ailleurs pu être possible ? – mais elle en était quand même assez proche. Il éprouvait l'ivresse du créateur. Ce tableau, il l'avait peint, et il était bon.

Jane ne lui dit pas cette fois que c'était une splendeur. Le rouge lui monta aux joues et ses lèvres s'entrouvrirent. Elle regarda Alan et il lut dans ses yeux ce qu'il avait si fortement souhaité y lire. Jane savait.

Il marchait sur un nuage. Il lui avait fait voir, à Jane !

Le tableau ne monopolisant plus ses pensées, il recommença à s'intéresser à son environnement immédiat.

Winnie avait énormément profité de sa quinzaine au bord de la mer, mais il fut frappé de voir à quel point ses vêtements étaient miteux. Il le signala à Isobel.

— Alan ! Toi qui ne remarques jamais rien ! Mais j'aime que les enfants soient vêtus le plus simplement possible... j'ai horreur de les voir pomponnés.

— Il y a de la marge entre simplicité et guenilles rapetassées.

Isobel ne répliqua pas, mais elle acheta une nouvelle robe à Winnie.

Deux jours plus tard, Alan se colletait avec ses rappels d'impôts. Son carnet de banque était ouvert devant lui. Et il cherchait celui d'Isobel dans le petit secrétaire de sa femme quand Winnie entra en virevoltant dans la pièce, une poupée bonne à jeter au feu dans les bras :

— Papa, je connais une devinette ! Tu crois que tu vas trouver la solution ? « En dedans d'une muraille blanche comme le lait, drapée dans un rideau aussi doux que la soie, baignée dans un océan d'une pureté de cristal, une pomme d'or apparaît. » Tu devines de quoi il s'agit ?

— De ta mère, répondit Alan, la tête ailleurs, toujours plongé dans ses recherches.

— Oh, papa, voyons ! (Winnie s'était mise à rire aux éclats :) C'est un *œuf*. Comment est-ce que tu as pu penser qu'il s'agissait de maman ?

Alan sourit à son tour.

— Je n'écoutais pas vraiment, avoua-t-il. N'empêche que, je ne sais trop pourquoi, les mots ont évoqué maman.

Une muraille blanche comme le lait. Un rideau. Du cristal. La pomme d'or. Oui, pour lui, cela évoquait bien Isobel. Un drôle de truc, les mots.

Il venait enfin de trouver le carnet de banque. Péremptoire, il intima à Winnie l'ordre de quitter les lieux. Dix minutes plus tard, une exclamation perçante lui fit lever le nez.

— Alan !

— Ah ! c'est toi, Isobel. Je ne t'avais pas entendue entrer. Viens voir un peu ici, je me perds dans les écritures de ton carnet de banque.

— Qu'est-ce qui t'a pris d'y toucher, à mon carnet de banque ?

Il la dévisagea, ahuri. Elle était hors d'elle. Il ne l'avait jamais vue manifester la moindre humeur.

— Je n'aurais jamais imaginé que tu le prendrais mal.

— Je le prends mal... je le prends très mal. Tu n'as pas à fourrer ton nez dans mes affaires.

Alan à son tour sentit la colère le gagner :

— Toutes mes excuses ! Mais puisque je l'y ai après tout fourré, peut-être seras-tu à même de m'expliquer une ou deux écritures dont la nature exacte m'échappe. Autant que je puisse en juger, pas loin de cinq cents livres ont été versées sur ton compte dont je n'arrive pas à trouver l'origine. D'où est-ce que ça sort ?

Isobel avait recouvré son calme souverain. Elle se laissa aller dans un fauteuil.

— Rien ne t'oblige à monter à ce point sur tes grands chevaux, Alan, fit-elle d'un ton léger. Ce n'est pas le salaire du péché, ni quoi que ce soit de ce genre.

— De qui te vient cet argent ?

— D'une femme. D'une de tes amies. Il n'est pas à moi du tout. C'est celui de Winnie.

— De Winnie ? Tu veux dire que... que cet argent t'a été remis par Jane ?

Isobel hocha la tête :

— Elle adore la petite... elle a l'impression de n'en faire jamais assez pour elle.

— D'accord, mais... il me semble aller de soi

que ces sommes auraient dû être investies au profit de Winnie.

— Oh ! ce n'était pas un quelconque placement qui était visé. C'était destiné aux dépenses courantes : vêtements et tout ce qui s'ensuit.

Alan ne releva pas aussitôt. Il pensait aux robes de Winnie... à ses guenilles rapetassées.

— Ton compte est à découvert, tu sais ça aussi, Isobel ?

— À découvert ? Ça m'arrive tout le temps.

— Oui, mais compte tenu de ces cinq cents livres...

— Mon cher Alan, je les ai dépensées pour Winnie de la façon qui m'a paru la plus adéquate. Je t'assure que Jane est totalement satisfaite.

Mais, satisfait, Alan était loin de l'être. Et cependant tel était le pouvoir d'Isobel et de son calme olympien qu'il ne poursuivit pas. Isobel, après tout, n'entendait rien à ces questions d'argent. Elle n'avait eu nulle intention de dépenser pour elle l'argent qui lui avait été remis pour sa fille. Une facture acquittée arriva ce même jour, adressée par erreur à Mr Everard. Elle émanait d'un couturier de Hanover Square et s'élevait à deux cents livres et des poussières. Il la remit à Isobel sans un mot. Elle y jeta un coup d'œil, sourit et dit :

— Mon pauvre chou, j'admets que ça puisse représenter pour toi une montagne, mais on est quand même bien obligé de se mettre plus ou moins quelque chose sur le dos.

Le lendemain, il se rendit chez Jane.

Jane se montra exaspérante, et comme toujours évasive. Il ne fallait pas qu'il se mette martel en tête. Winnie était sa filleule. Les femmes comprenaient ces choses-là, tandis que les hommes n'y entendaient rien. Bien évidemment, elle n'avait jamais songé à offrir à Winnie pour cinq cents livres de robes. Qu'il veuille bien, si ça ne l'ennuyait pas, les laisser, Isobel et elle, seules juges en ces matières. Elles se comprenaient parfaitement.

Alan repartit dans un état de mécontentement grandissant. Il était parfaitement conscient d'avoir esquivé la seule question qu'il avait eu l'intention de poser. Il aurait voulu demander : « Est-ce qu'Isobel t'a déjà réclamé de l'argent pour Winnie ? » Et s'il ne l'avait pas fait, c'était uniquement par crainte que Jane ne mente pas assez bien pour parvenir à le mener en bateau.

Mais par-dessus tout il était inquiet. Jane n'avait pas le sou. Il savait qu'elle n'avait pas le sou. Il ne fallait pas... il ne fallait pas qu'elle se dépouille complètement. Il décida d'aborder le sujet avec Isobel. Cette dernière se montra calme et rassurante. Il allait de soi qu'elle ne laisserait pas Jane dépenser plus qu'elle ne saurait se le permettre.

Un mois plus tard, Jane mourut.

Ç'avait été une mauvaise grippe, sur laquelle s'était greffée une pneumonie. Elle faisait d'Alan Everard son exécuteur testamentaire et léguait tout ce qu'elle possédait à Winnie. Un tout qui n'allait d'ailleurs pas chercher bien loin.

Il incomba donc à Alan de se plonger dans ses papiers. Elle y avait laissé un dossier facile à compulser : missives implorant des secours, lettres de remerciements... autant de preuves de sa générosité.

Et, quand il en eut terminé, il tomba sur son journal. Une note y était agrafée :

« À lire après ma mort par Alan Everard. Il

m'a souvent reproché de ne pas dire la vérité. Cette vérité, elle est tout entière ici enfermée. »

Ainsi, mettant la main sur le seul confident avec lequel Jane ait jamais osé se montrer honnête, finit-il par avoir le fin mot de son comportement. C'était la relation, d'une totale spontanéité et sans fioriture aucune, de son amour pour lui.

Il n'y avait là pas le moindre attendrissement sur soi-même, mais nulle velléité non plus de se voiler la face.

« Je sais que je te mets souvent hors de toi, avait-elle écrit. Tout ce que je dis ou fais semble les trois quarts du temps te plonger dans des fureurs noires. Je ne vois pas la raison de ces emportements, car je ne fais jamais que désespérément chercher à te plaire ; mais ils m'aident néanmoins à me persuader que j'existe à tes yeux. On ne prend pas en grippe les gens qui ne comptent pas. »

Ce ne fut pas la faute de Jane si Alan fit d'autres découvertes. Elle avait été loyale... mais également désordre. Et elle bourrait trop ses tiroirs. Elle avait, peu avant sa mort, soigneusement brûlé toutes les lettres d'Isobel. Celle qu'Alan trouva était restée coincée derrière un tiroir de la commode. Quand il la lut, le sens de certains signes cabalistiques sur les talons du chéquier de Jane lui devint évident. Dans ce courrier-là, Isobel ne s'était même pas donné la peine de continuer à prétendre que l'argent qu'elle réclamait était destiné à Winnie.

Assis au petit bureau, Alan resta un long moment à regarder par la fenêtre devant lui sans rien voir. Puis il glissa le chéquier dans sa poche et quitta l'appartement. Tout au long du chemin qui le ramenait à Chelsea, il sentit la colère monter en lui.

Isobel n'était pas là quand il rentra et il le déplora. Il avait si présent à l'esprit ce qu'il avait l'intention de lui dire... En désespoir de cause, il gagna son studio et sortit le portrait inachevé de Jane. Il le posa sur un chevalet, près de celui d'Isobel en satin rose.

La Lemprière ne s'y était pas trompée : tout respirait la vie dans le portrait de Jane. Il la regarda, ses yeux ardents, sa beauté qu'il avait tellement échoué à lui dénier. Ça, c'était Jane... cette intensité, plus que toute autre chose au monde, c'était Jane. Elle était, songea-t-il, l'être humain le plus assoiffé de vie qu'il ait jamais rencontré, au point que, même maintenant, il lui était impossible de penser à elle comme à une morte.

Et il songea à ses autres toiles... *Couleur*, *Romance*, sir Rufus Herschman. Toutes avaient, d'une certaine façon, été des portraits de Jane. Elle avait allumé l'étincelle pour chacun d'entre eux... l'avait chaque fois renvoyé chez lui, furieux, écumant de colère, jurant ses grands dieux que... qu'il allait lui *faire voir* ! Et maintenant ? Jane était morte. Parviendrait-il jamais à peindre encore un tableau – une œuvre véritable ? Il contempla de nouveau l'ardent visage qui animait la toile. Peut-être. Jane n'était après tout pas très loin.

Un bruit le fit pivoter sur ses talons. Isobel était entrée dans le studio. Vêtue pour le dîner, elle portait une robe du soir blanche toute simple qui mettait en valeur l'or blond de sa chevelure.

Elle s'arrêta net et retint les mots qu'elle allait dire. L'observant avec circonspection, elle alla s'asseoir sur le divan. Elle offrait toutes les apparences du calme le plus parfait.

Alan sortit le chéquier de sa poche :

— J'ai parcouru les papiers de Jane.
— Oui ?

Il essaya d'imiter son calme, d'empêcher sa voix de trembler :

— Ces quatre dernières années, elle n'a cessé de t'alimenter en argent.

— Oui. Pour Winnie.

— Non, pas pour Winnie ! vociféra-t-il. Vous avez toutes les deux fait comme si c'était pour Winnie, mais vous saviez aussi bien l'une que l'autre que ce n'était pas le cas. Est-ce que tu te rends compte que Jane vendait ses actions et qu'elle vivait à la petite semaine, tout ça pour mieux te couvrir de vêtements... de vêtements dont tu n'avais au fond aucun besoin ?

Pas un instant Isobel ne cessa de le regarder en face. Elle s'installa plus confortablement sur les coussins, comme aurait pu le faire un somptueux persan blanc.

— Je n'y peux rien si Jane s'est dépouillée plus qu'elle ne l'aurait dû, dit-elle posément. J'imaginais qu'elle avait de quoi se le permettre. Elle était folle de toi... ça, je te prie de croire que je m'en suis toujours rendu compte. Et étant donné la façon dont tu te précipitais à tout bout de champ la voir et passer des heures chez elle, bien des femmes à ma place auraient poussé de hauts cris. Je m'en suis personnellement gardée.

— Exact, convint Alan, le visage blanc comme un linge. Au lieu de quoi tu l'as fait payer.

— Tu es en train de tenir des propos très blessants, Alan. Prends garde.

— Parce que tu estimes peut-être qu'ils ne sont pas appropriés ? Et pourquoi crois-tu donc qu'il t'a été si facile de soutirer tout cet argent à Jane ?

— Je ne le dois pas, à coup sûr, à je ne sais quelle affection qu'elle aurait pu avoir à mon égard. Cela doit plutôt tenir à l'amour qu'elle éprouvait pour toi.

— C'est bien de cela qu'il s'est agi, reconnut Alan avec simplicité. Et c'est ma liberté qu'elle payait... ma liberté de travailler comme je l'entendais. Tant que tu aurais de l'argent à satiété, tu me ficherais la paix... tu ne me tannerais pas pour que je fasse le portrait de tout un troupeau de harpies.

Isobel ne releva pas.

— Ce n'est pas vrai ? hurla Alan au comble de la fureur.

L'absolue perfection du calme de sa femme le mettait hors de lui.

Isobel regardait par terre. Elle ne tarda pas à relever les yeux et à déclarer d'un ton égal :

— Viens ici, Alan.

Elle caressait le divan à côté d'elle. Inquiet, à son corps défendant, il alla s'y asseoir, prenant garde de ne pas la regarder et sachant bien pourtant à quel point il avait peur.

— Alan, souffla bientôt Isobel.

— Quoi ?

Il se sentait encore nerveux, irritable.

— Il se peut que tout ce que tu viens de dire soit exact. Peu importe. Je suis comme je suis. Je suis possessive et j'ai des besoins... besoin de vêtements, d'argent, besoin de *toi. Jane est morte*, Alan.

— Qu'est-ce que tu entends par là ?

— Jane est morte. Tu m'appartiens désormais tout entier. Ça n'avait jamais été le cas... pas in-té-gra-le-ment.

Il la dévisagea... vit la lueur dans ses yeux, cupide, possessive... sentit monter en lui la révolte – en même temps que la fascination.

— Dorénavant, tu seras tout à moi.

Il comprit alors Isobel comme il ne l'avait jamais fait par le passé :

— Tu me veux comme esclave ? Faudra-t-il que je peigne ce que tu me diras de peindre, que je vive comme tu m'ordonneras de vivre, enchaîné aux roues de ton char ?

— Formule-le comme il te plaira. À quoi riment les mots ?

Il sentit les bras d'Isobel autour de son cou, blancs, lisses, fermes et solides comme une muraille. Des lambeaux de phrase lui tourbillonnèrent dans le cerveau. « Une muraille blanche comme le lait. » Déjà il se trouvait en dedans de la muraille. Parviendrait-il encore à s'en évader ? Avait-il seulement envie de s'en évader ?

Il entendit la voix d'Isobel tout contre son oreille – le pavot et la mandragore :

— Qu'attendre d'autre de la vie ? Est-ce que ceci n'est pas suffisant ? L'amour... le bonheur... le succès... l'amour...

La muraille commençait maintenant à l'encercler de toutes parts... « le rideau aussi doux que la soie », le rideau l'enveloppait, l'asphyxiant un peu mais si doux, si moelleux ! Maintenant aussi ils dérivaient ensemble, en paix, au loin sur l'océan de cristal. La muraille, désormais très haute, excluait tout le reste... toutes ces contingences dérangeantes, dangereuses et qui vous blessaient... qui ne cessaient de vous blesser. Au loin sur l'océan de cristal, la pomme d'or entre leurs mains.

La lumière irradiant le portrait de Jane s'estompa.

Traduit de l'anglais par Michel Averlant

Postface

Comme beaucoup des premières nouvelles d'Agatha Christie, « En dedans d'une muraille », dont la publication eut lieu dans le Royal Magazine *en octobre 1925, est quelque peu ambiguë. Les remarques finales à propos de la « muraille d'un blanc de lait » qui se referme sur le peintre peuvent effectivement être prises pour ce qu'elles semblent être, une description des bras d'Isobel Loring au moment où ils enveloppent Alan Everard, mais de quelle autre manière pourrait être interprétée cette expression ? Il y a cette obscure référence conclusive à « la pomme d'or entre leurs mains » – quelles mains, et que symbolise la « pomme d'or » ? Se pourrait-il que la méprise d'Alan, un peu plus tôt, au sujet de la devinette posée par Winnie, ait une signification plus sombre ? Serait-il en réalité en train d'étrangler sa femme ? Où, compte tenu du fait que « la lumière » du portrait de Jane s'estompe à la fin de l'histoire, le lecteur est-il censé comprendre qu'Alan l'a oubliée et a pardonné à Isobel ? Et qu'en est-il de sa propre mort ? Christie n'en explique pas les circonstances, notant seulement qu'elle a provoqué des rumeurs malveillantes que le narrateur de l'histoire cherche à étouffer.*

La nouvelle est également construite autour de l'un des motifs les plus répandus dans l'œuvre d'Agatha Christie : l'éternel triangle. Il figure dans diverses œuvres, dont les enquêtes de Poirot, structurées de façon similaire, Mort sur le Nil *(1937) et* Les Vacances d'Hercule Poirot *(1941) et dans des nouvelles comme « Le Seuil ensanglanté », incluse dans* Miss Marple au club du mardi *(1932). Dans* A Talent to Deceive *(1980), qui constitue sans conteste la critique la plus fine de son écriture, Robert Barnard décrit la manière dont Christie utilise ce thème et d'autres thèmes banals comme une de ses « stratégies du subterfuge », poussant le lecteur à détourner ses sympathies (et ses soupçons) en jouant sur ses attentes. Elle adopta également une tactique similaire dans ses pièces de théâtre, en particulier dans* La Souricière *(1952).*

LE MYSTÈRE DU BAHUT DE BAGDAD

(*The Mystery of the Baghdad Chest*)

Dans le genre titre racoleur à la une, on ne pouvait guère trouver mieux, et j'en fis la remarque à mon ami Hercule Poirot. Je ne connaissais aucune des parties en cause. Mon intérêt en l'occurrence était impartial – celui, somme toute, de l'homme de la rue. Poirot acquiesça :

— Oui, cela vous a comme un parfum de l'Orient, une aura de mystère. Ce bahut peut très bien n'être qu'une pâle copie de XVIIIe telle qu'on en trouve tout au long de Tottenham Court Road ; il n'empêche que le reporter qui l'a baptisé « Bahut de Bagdad » a été heureusement inspiré. Le mot « mystère » y a été juxtaposé avec infiniment de pertinence, encore que, si j'ai bien compris, le mystère en question a fort peu à voir à l'affaire.

— Très juste. C'est de bout en bout horrible tout autant que macabre, pas un instant mystérieux.

— Horrible tout autant que macabre... répéta pensivement Poirot.

— L'idée même en est révoltante, dis-je, sautant sur mes pieds et me mettant à arpenter le tapis en tous sens. Le meurtrier tue cet homme – un de ses amis –, le fourre dans le bahut qui orne son salon et, une demi-heure plus tard, on le retrouve en train de danser dans ce même salon avec l'épouse de sa victime. Non, mais vous rendez-vous compte ? Si cette malheureuse avait pu imaginer un instant...

— C'est bien vrai, murmura Poirot, songeur. Cette fameuse faculté dont on nous rebat les oreilles, l'intuition féminine... ne semble guère s'être illustrée dans le cas présent.

— La soirée semble s'être déroulée fort gaiement, poursuivis-je avec un léger frisson. Et pendant tout ce temps, alors qu'ils dansaient et jouaient au poker, il y avait un cadavre avec eux dans la pièce. On pourrait écrire une pièce de théâtre avec un tel sujet.

— Cela a déjà été fait, me coupa Poirot. Mais consolez-vous, Hastings, ajouta-t-il gentiment. Ce n'est pas parce qu'un thème a déjà été utilisé cent fois qu'il ne faut pas le réutiliser encore. Écrivez-le, votre mélodrame.

J'avais repris le journal et j'examinais l'assez mauvaise reproduction d'un cliché photographique.

— Ce doit être une très belle femme, commentai-je lentement. Même à partir de cela, on peut s'en faire une idée.

Sous la photo courait une légende :

*RÉCENT PORTRAIT DE Mrs CLAYTON,
L'ÉPOUSE DE L'HOMME ASSASSINÉ*

Poirot me prit le journal des mains.

— Oui, admit-il. Elle est très belle. Sans l'ombre d'un doute, elle est de ces créatures venues sur terre dans le seul but de damner le sexe fort.

Il me rendit le journal avec un soupir :

— Dieu merci, je ne suis pas de tempérament volcanique. Ce qui m'a évité dans la vie bien des complications. Je lui en serai toujours reconnaissant.

Je n'ai pas souvenir que nous ayons débattu plus avant de l'affaire. Poirot ne semblait pas, à ce moment-là, s'y intéresser outre mesure. Les faits étaient si clairs, et il s'en dégageait si peu d'ambiguïté que toute discussion à leur sujet eût relevé de la plus totale futilité.

Mr et Mrs Clayton ainsi que le major Rich étaient amis d'assez longue date. Le jour en question, le 10 mars, les Clayton avaient accepté l'invitation du major Rich à venir passer la soirée chez lui. Vers 7 heures et demie du soir, cependant, Clayton avait confié à un autre de ses amis, un certain major Curtiss avec lequel il prenait un verre, qu'il venait d'être à brûle-pourpoint appelé en Écosse et qu'il allait monter à bord du train de 8 heures.

— Je vais juste avoir le temps de faire un saut en passant chez ce vieux Jack pour lui expliquer ce qu'il en est, avait poursuivi Clayton. Margharita ira, bien sûr. Je suis navré de ce contretemps, mais Jack comprendra.

Mr Clayton avait fait ainsi qu'il l'avait dit. Il était arrivé au domicile du major Rich aux environs de 8 heures moins vingt. Le major était sorti, mais son valet, qui connaissait bien Mr Clayton, lui avait suggéré d'entrer l'attendre. Mr Clayton lui avait alors répondu qu'il n'en avait pas le temps, mais qu'il laisserait volontiers un mot. Il avait ajouté qu'il avait un train à prendre.

Le valet l'avait conséquemment introduit au salon.

Cinq minutes plus tard environ, le major Rich, sans doute rentré sans que le valet ne l'entende, avait ouvert la porte du salon et appelé son domestique pour le prier de sortir acheter des cigarettes. Sitôt revenu, ce dernier les avait apportées à son maître, qui était alors seul au salon. L'homme en avait tout naturellement conclu que Mr Clayton s'en était allé attraper son train.

Les hôtes n'avaient pas tardé à arriver. Ils comprenaient Mrs Clayton, le major Curtiss, ainsi qu'un Mr et une Mrs Spence. La soirée s'était passée à jouer au poker et à danser au son du phonographe. Les invités avaient pris congé peu après minuit.

Entrant le lendemain matin au salon pour le remettre en ordre, le valet avait été intrigué par une tache poisseuse maculant le tapis sous et devant un meuble que le major Rich avait rapporté du Moyen-Orient et qu'il appelait son « Bahut de Bagdad ».

Sans trop réfléchir, ledit valet avait soulevé le couvercle du bahut et avait été horrifié d'y trouver, couché en chien de fusil, le cadavre d'un individu poignardé en plein cœur.

Terrifié, le malheureux était sorti de l'appartement en courant pour se précipiter sur le premier agent de police venu. Le cadavre avait été identifié comme celui de Mr Clayton. Et l'arrestation du major Rich s'en était suivie peu après. La défense du major, laissait-on entendre, consistait à tout nier avec fermeté et en bloc. Il n'avait pas vu Mr Clayton la veille au soir, et ce n'est que par Mrs Clayton qu'il avait appris son départ précipité pour l'Écosse.

Tels étaient les faits dans leur absolue nudité. Toutefois insinuations et sous-entendus ne manquaient bien évidemment pas. La fervente amitié, les rapports intimes, même, qui unissaient Mrs Clayton et le major Rich étaient à ce point montés en épingle que seul un imbécile n'aurait pas su lire entre les lignes. Le mobile du crime était clairement indiqué.

Une longue expérience m'a enseigné à faire

justice de la calomnie sans fondement. Le mobile suggéré pouvait fort bien, en dépit d'apparences fallacieuses, ne reposer sur rien. De tout autres raisons pouvaient avoir précipité le drame. Mais une certitude n'en demeurait pas moins : à savoir que Rich était l'assassin.

Comme je l'ai déjà dit, l'affaire aurait pu en rester là s'il ne s'était trouvé que Poirot et moi devions nous rendre à une réception donnée par lady Chatterton le soir même.

Tout en vouant aux gémonies les mondanités et en clamant à tous les échos son amour de la solitude, Poirot raffolait en réalité de ce genre de raouts. Jouer les célébrités lui allait comme un gant, et se voir encensé était pour lui un de ces plaisirs dont on ne saurait se priver.

Il allait, en certaines occasions, jusqu'à en ronronner littéralement ! Je l'ai vu accepter les plus extravagants des compliments comme rien de plus que son dû et s'en rengorger avec une suffisance et dans des termes que je n'oserais jamais coucher ici sur le papier.

Il lui arrivait de me chercher querelle sur le sujet :

— Mais, mon bon ami, je ne suis pas anglo-saxon, moi ! Pourquoi jouerais-je les hypocrites ? Si, si, c'est ce que vous faites, tous autant que vous êtes. L'aviateur qui a effectué un vol difficile, le champion de tennis... tous baissent le nez sur leurs chaussures et murmurent de façon inaudible que « ça n'était rien ». Mais est-ce qu'ils le pensent vraiment eux-mêmes ? Pas un instant. L'exploit en question, ils l'admireraient chez un autre. Alors s'agissant d'êtres dotés de raison, ils l'admirent forcément chez eux-mêmes. Seule leur éducation les empêche de l'avouer. Mais moi, je ne suis pas comme ça. Les talents que je possède... je les saluerais bien volontiers chez autrui. Il se trouve seulement que, dans mon domaine bien particulier, personne ne m'arrive à la cheville. C'est fort dommage ! Ceci posé, je reconnais, sans gêne aucune et sans la moindre hypocrisie, que je suis un grand homme. Je possède ordre, méthode et psychologie à un degré inégalé. Je suis, en somme, Hercule Poirot ! Pourquoi devrais-je rougir, bégayer et bafouiller dans ma barbe que je ne suis en réalité qu'un parfait imbécile ? Ce serait déshonnête.

— Il n'est au monde, cela va sans dire, qu'un seul Hercule Poirot, renchéris-je non sans une légère pointe de malice dont, Dieu soit loué, Poirot choisit de ne pas s'offusquer.

Lady Chatterton était une de ses plus ferventes admiratrices. Partant d'une incompréhensible modification du comportement chez un pékinois, il en avait démêlé la laisse pour remonter avec succès jusqu'à la main d'une cambrioleuse notoire. Lady Chatterton n'avait depuis lors cessé de le louer avec volubilité.

Croiser Poirot lors d'une quelconque festivité nocturne offrait un spectacle grandiose. Ses tenues de soirée irréprochables, l'exquis mouvement de sa cravate blanche, l'exacte rectitude de sa raie médiane, la remarquable symétrie capillaire qui en découlait et donnait toute sa valeur à la luisance de ses cheveux pommadés... tout – sans bien évidemment oublier la double arabesque splendide de ses moustaches superlatives – tout, disais-je, se combinait pour parachever l'image parfaite du dandy invétéré. Il était malaisé, en de tels instants, de prendre le petit homme au sérieux.

Il était environ 11 heures et demie du soir quand lady Chatterton, fondant soudain sur nous, escamota Poirot au nez et à la barbe d'un groupe de flagorneurs pour l'entraîner à l'écart – moi-même me maintenant dignement dans son sillage.

— J'exige que vous montiez dans ma chambrette sous les toits, haleta quelque peu lady Chatterton dès que nous fûmes hors de portée des oreilles indiscrètes. C'est mon repaire. Vous connaissez le chemin, monsieur Poirot. Vous y trouverez quelqu'un qui a cruellement besoin de votre aide... et vous l'aiderez, je le sais. C'est une de mes plus chères amies... alors ne dites pas non.

Tout en parlant, lady Chatterton nous avait précédés avec une énergie conquérante dans une seconde volée d'escalier et elle ouvrit bientôt une porte en s'exclamant :

— Je le tiens, Margharita chérie ! Le voilà. Il fera tout ce que vous voudrez. Vous allez aider Mrs Clayton, monsieur Poirot, vous me le jurez ?

Et, tenant la réponse pour acquise, elle se retira avec la même énergie qui semblait décidément la caractériser.

Mrs Clayton était assise dans un fauteuil près de la fenêtre. Elle se leva pour venir à notre rencontre. Elle était en grand deuil et le noir mat faisait ressortir la délicatesse de son teint. C'était une femme singulièrement adorable et il émanait d'elle une vraie candeur enfantine qui rendait son charme absolument irrésistible.

— Alice Chatterton est tellement gentille avec moi, murmura-t-elle. C'est elle qui a organisé cette rencontre. Elle m'a promis que vous m'aideriez, monsieur Poirot. Je ne sais pas, bien sûr, si vous accepterez ou non... mais j'espère que vous le ferez.

Elle lui avait tendu la main et Poirot la serra. Il la garda un long moment entre les siennes tout en lui scrutant de fort près le visage. Il ne fallait voir là nulle privauté. Il s'agissait plus précisément du même regard bienveillant mais tout à la fois pénétrant qu'un médecin réputé pose sur le nouveau client qui vient d'être introduit dans son cabinet.

— Êtes-vous sûre, madame, interrogea-t-il enfin, que je puisse vous aider ?

— Alice l'affirme.

— Certes, mais c'est à vous, madame, que je pose la question.

Une légère rougeur lui monta aux joues :

— Je ne saisis pas très bien ce que vous voulez dire.

— Que voulez-vous, madame, que je fasse au juste ?

— Vous... vous... vous savez qui je suis ? s'inquiéta-t-elle.

— Bien évidemment.

— Alors vous êtes en mesure de deviner ce que je vous demande de faire, monsieur Poirot... ainsi que vous, capitaine Hastings...

Je fus flatté qu'elle ait découvert mon identité.

— ... Le major Rich n'a *pas* tué mon mari, acheva-t-elle.

— Pourquoi ?

— Je vous demande pardon ?

Poirot sourit de sa légère déconfiture.

— J'ai dit « pourquoi ? », répéta-t-il.

— Je ne suis pas sûre de comprendre.

— C'est pourtant très simple. La police... les avocats... tous vous poseront la même question : « Pourquoi le major Rich a-t-il tué Mr Clayton ? » Moi, je vous demande le contraire. Je vous demande, madame, pourquoi le major Rich n'a *pas* tué Mr Clayton.

— Vous voulez dire... pourquoi j'en ai la certitude ? Mais parce que je le *sais*. Je le connais si bien, le major Rich.

— Vous le connaissez si bien... répéta lentement Poirot d'un ton neutre.

Les joues de la jeune femme, cette fois, s'empourprèrent :

— Oui, c'est ce qu'ils vont dire... c'est ce qu'ils vont penser ! Oh ! je le sais bien !

— Exact. C'est ce sur quoi ils vont vous interroger... pour savoir jusqu'à quel point vous le connaissiez bien. Peut-être direz-vous la vérité, peut-être choisirez-vous de mentir. Le mensonge est parfois nécessaire à la femme, c'est une arme excellente. Mais il est trois personnes, madame, auxquelles une femme se devrait de toujours dire la vérité : son confesseur, son coiffeur et son détective privé... à la condition qu'elle lui fasse confiance. Me faites-vous confiance, madame ?

Margharita Clayton prit une profonde inspiration.

— Oui, dit-elle. Oui. Il le faut bien, ajouta-t-elle un peu puérilement.

— En ce cas, jusqu'à quel point connaissez-vous bien le major Rich ?

Elle le dévisagea un moment en silence, puis releva le menton d'un air de défi :

— Je vais répondre à votre question. J'ai aimé Jack dès la première minute où je l'ai vu... il y a de cela deux ans. Plus tard, je pense – je crois – qu'il est tombé amoureux de moi lui aussi. Mais il ne me l'a jamais avoué.

— *Épatant* ! s'exclama Poirot. Vous m'avez fait gagner un bon quart d'heure en allant au but sans tergiverser. Vous êtes une personne de bon sens. Et maintenant, votre époux... soupçonnait-il vos sentiments ?

— Je ne sais pas, répondit lentement Margharita. Je me suis mise à y songer... oh ! tout dernièrement... comme à une éventualité. Son comportement à mon égard avait changé... Mais c'est peut-être là le simple fruit de mon imagination.

— Personne d'autre n'était au courant ?

— Non, je ne pense pas.

— Et... – je vous demande mille pardons, madame –, votre mari, vous ne l'aimiez pas ?

La plupart des femmes se seraient crues obligées d'expliquer en long et en large la nature exacte de leurs sentiments. Il n'y en avait guère, je crois, qui auraient répondu à cette question aussi simplement qu'elle le fit.

— Non, se contenta de laisser tomber Margharita Clayton.

— *Parfait*. Nous savons au moins maintenant où nous en sommes. Selon vous, madame, le major Rich n'a pas tué votre mari, mais vous devez bien vous rendre compte que tous les éléments tangibles semblent pourtant prouver qu'il l'a fait. Seriez-vous néanmoins au courant, vous et vous seule, d'une faille dans ce faisceau de preuves qui le condamnent ?

— Non. Je ne sais rien.

— Quand votre mari vous a-t-il fait part de son obligation de se rendre en Écosse ?

— Tout de suite après le déjeuner. Ça le barbait, mais il fallait qu'il y aille. Un litige à propos d'une vente de terrains, d'après ce qu'il a ajouté.

— Et après ça ?

— Il est sorti... pour se rendre à son club, j'imagine. Je... je ne l'ai plus revu.

— Maintenant, pour en revenir au major Rich... quel a été son comportement au cours de cette soirée ? Le même que d'ordinaire ?

— Oui, je crois.

— Vous n'en êtes pas sûre ?

Margharita fronça les sourcils :

— Peut-être s'est-il montré... un peu contraint. Avec moi, pas avec les autres. Mais je crois que j'en connais la raison. Vous devez la deviner, vous aussi, non ? Je suis sûre que cette gêne ou cette... cette... cette distraction, serait-il plus juste de dire, n'avait rien à voir avec Edward. Il s'était bien entendu montré surpris de son départ pour l'Écosse, mais pas outre mesure.

— Y a-t-il eu autre chose d'inhabituel au cours ou à propos de cette soirée ?

Margharita réfléchit, puis :

— Non, rien.

— Avez-vous... remarqué le bahut ?

Elle secoua la tête avec un léger frisson :

— Je ne me le rappelle même pas... ni ce à quoi il pouvait ressembler. Nous avons joué au poker la majeure partie du temps.

— Qui est-ce qui a gagné ?

— Le major Rich. J'avais la poisse, tout comme le major Curtiss. Les Spence ont mené pendant un moment, mais c'est le major Rich qui a emporté la mise.

— La soirée s'est terminée... quand ?

— Vers minuit et demi, je crois bien. Nous sommes tous partis ensemble.

— Ah !

Après cette exclamation, Poirot resta un moment silencieux, perdu dans ses pensées.

— J'aurais aimé pouvoir vous être plus utile, déplora Mrs Clayton. Je semble n'avoir été capable que de vous en dire très peu.

— Sur le présent... en effet. Mais sur le passé, madame, peut-être vous montrerez-vous plus bavarde ?

— Sur le passé ?

— Oui, le vôtre. N'a-t-il pas été jalonné d'incidents ?

Elle rougit :

— Vous voulez parler de cet affreux petit homme qui s'est tiré une balle dans la tête ? Je n'y étais pour rien, monsieur Poirot. Je vous jure que je n'y étais pour rien.

— Ce n'était pas précisément ce drame-là auquel je songeais.

— Il doit s'agir alors de ce duel grotesque ? Mais les Italiens adorent se battre en duel. J'ai été tellement reconnaissante que ce garçon n'ait pas été tué.

— Cela a dû vous soulager beaucoup, en effet, acquiesça gravement Poirot.

Elle le regardait d'un air dubitatif. Il se leva et lui serra la main :

— Je n'ai pas l'intention de me battre en duel avec vous, madame. Mais je ferai ce que vous m'avez demandé. Je découvrirai la vérité. Espérons toutefois que votre instinct ne vous aura pas trompée... et que la vérité vous sera douce au lieu de vous accabler.

Notre premier entretien fut avec le major Curtiss. Taillé pour la lutte, c'était un homme dans la quarantaine, aux cheveux très noirs et au teint basané. Il connaissait les Clayton depuis pas mal d'années, tout comme d'ailleurs le major Rich. Il confirma les allégations de la presse.

Clayton et lui avaient pris un verre à leur club juste avant 7 heures et demie, et Clayton avait, avant de le quitter, annoncé son intention de faire un saut chez le major Rich sur le chemin de la gare.

— Comment était Mr Clayton ? Broyait-il du noir ? Semblait-il au contraire de bonne humeur ?

Le major réfléchit. C'était un homme à la parole lente.

— Il m'a paru d'excellente humeur, répondit-il enfin.

— Il ne vous a rien confié sur une éventuelle animosité à l'encontre du major Rich ?

— Grands dieux, non ! Ils étaient comme les deux doigts de la main.

— Il ne trouvait rien à redire à... à l'amitié de sa femme et du major Rich ?

Le visage du major vira au rouge brique :

— Vous avez gobé les insinuations et les mensonges de tous ces foutus journaux ! Bien sûr que non, il n'y trouvait rien à redire. Bon sang de bois, il s'est contenté de me déclarer : « Margharita y va, bien sûr. »

— Je vois. Maintenant, tout au long de la soirée... le comportement du major Rich... a-t-il bien été le même que d'ordinaire ?

— Je n'ai pas remarqué la moindre différence.

— Et madame ? Elle aussi, elle était comme d'habitude ?

— Eh bien, réfléchit-il, maintenant que vous m'y faites penser, elle s'est montrée un peu silencieuse. Un peu songeuse et la tête ailleurs, quoi.

— Qui est arrivé en premier ?

— Les Spence. Ils étaient là quand j'ai enfin montré mon nez. J'étais en fait passé chez Mrs Clayton pour la prendre, mais elle était déjà partie. Ce qui fait que j'ai été bon dernier.

— Et comment vous êtes-vous distraits ? Vous avez dansé ? Vous avez joué aux cartes ?

— Un peu des deux. Mais d'abord dansé.

— Vous étiez cinq ?

— Oui, mais ça ne posait pas de problème,

parce que je ne danse pas. J'ai mis les disques et les autres ont dansé.

— Qui a le plus dansé avec qui ?

— Eh bien, en réalité, les Spence aiment danser ensemble. Ils sont un peu fanatiques et sectaires, sur la question : figures compliquées, pas inédits et tout et tout.

— Ce qui fait que Mrs Clayton a presque exclusivement dansé avec le major Rich ?

— Il y a de ça, oui.

— Et puis vous avez joué au poker ?

— Oui.

— Et quand êtes-vous parti ?

— Bah ! assez tôt. Un peu après minuit.

— Vous êtes partis tous ensemble ?

— Oui. Nous avons en fait partagé un taxi, qui a commencé par déposer Mrs Clayton, puis moi, et les Spence l'ont gardé pour filer jusqu'à Kensington.

La visite suivante fut pour Mr et Mrs Spence. Seule Mrs Spence se trouvait chez elle, mais ses précisions concernant la soirée corroboraient les dires du major Curtiss, à ceci près qu'elle y ajouta quelques propos acides quant à l'insolente chance aux cartes affichée par le major Rich.

Un peu plus tôt dans la matinée, Poirot avait téléphoné à Scotland Yard et demandé à parler à l'inspecteur Japp. Ce qui nous valut, quand nous arrivâmes à l'appartement du major Rich, d'y être reçus par son valet, Burgoyne, qui nous attendait.

Les déclarations dudit valet furent claires et précises.

Mr Clayton était arrivé à 8 heures moins vingt. Malheureusement, le major Rich venait tout juste de sortir. Mr Clayton avait dit qu'ayant un train à prendre, il ne pouvait attendre, mais qu'il allait griffonner un mot. Il était donc entré au salon pour ce faire. Burgoyne n'avait pas entendu son maître rentrer, ce qui n'avait rien de surprenant étant donné qu'il était occupé à lui faire couler un bain et que, de toute façon, le major Rich avait sa clef. À son avis, c'était dix minutes plus tard que son maître l'avait appelé pour l'envoyer chercher des cigarettes. Non, lui-même n'était pas entré au salon à ce moment-là. Le major lui avait donné ses ordres depuis le seuil de la pièce. Il était revenu avec les cigarettes cinq minutes plus tard et était cette fois entré au salon où il avait trouvé son maître seul, en train de fumer, planté devant la fenêtre. Ce dernier lui avait demandé si son bain était prêt et, s'étant entendu répondre par l'affirmative, s'en était allé le prendre. Lui, Burgoyne, n'avait pas mentionné Mr Clayton, persuadé qu'il était que son maître l'avait trouvé dans la place et reconduit lui-même jusqu'à la porte. Le comportement de son maître avait été en tout point semblable à celui qu'il lui connaissait d'ordinaire. Il avait pris son bain, s'était changé et, peu après, Mr et Mrs Spence étaient arrivés, suivis plus tard de Mrs Clayton puis du major Curtiss.

Il ne lui avait pas un instant traversé l'esprit, expliqua Burgoyne, que Mr Clayton ait pu se retirer avant le retour de son maître. Pour ce faire, Mr Clayton aurait dû claquer la porte derrière lui et, cela, le valet était sûr qu'il l'aurait entendu.

Toujours sur le même ton impersonnel, Burgoyne en vint à sa découverte du cadavre. Pour la première fois, mon attention se porta sur le bahut fatal. Il s'agissait d'un meuble de belle taille, placé contre le mur à côté du phonographe et de son casier à disques. Il était fait de bois ciré très sombre et abondamment clouté de cuivre. Le couvercle s'ouvrait sans peine. Je regardai à l'intérieur et frissonnai. Encore qu'il ait été nettoyé, de sinistres taches y perduraient.

Soudain, Poirot poussa une exclamation :

— Ces trous, là... ils sont bizarres !

Les trous en question se trouvaient à l'arrière du bahut, côté mur. Il y en avait trois ou quatre. Leur diamètre était à vue de nez d'un petit centimètre et ils donnaient l'impression très nette d'avoir été récemment percés.

Poirot se pencha pour les étudier de plus près, puis jeta un regard interrogateur au valet.

— C'est en effet curieux, monsieur, répondit ce dernier. Je ne me rappelle pas les avoir déjà vus, encore que j'aie pu ne pas les remarquer.

— C'est sans importance, trancha Poirot.

Refermant le couvercle du bahut, il recula jusqu'à s'adosser à la fenêtre. Puis il posa brusquement une question :

— Dites-moi. Quand vous avez rapporté les cigarettes à votre maître, rien n'était-il dérangé dans la pièce ?

Burgoyne hésita un moment, puis répondit non sans se faire quelque peu tirer l'oreille :

— C'est drôle que vous me parliez de ça, monsieur. Maintenant que vous le dites, oui, j'ai remarqué un détail. Ce paravent, là, qui protège l'entrée de la chambre des courants d'air... il était tiré un peu plus sur la gauche.

— Comme ceci ?

Poirot avait lestement retraversé le salon et tiré le paravent de côté. C'était un bel objet de cuir peint. Et, alors qu'il n'avait jusqu'à présent fait que masquer un angle du bahut, il en dissimulait maintenant, là où Poirot l'avait placé, la totalité.

— C'est très juste, monsieur, approuva le valet. Il était comme cela.

— Et le lendemain matin ?

— Il était encore ainsi. Je m'en souviens. C'est en le repoussant que j'ai remarqué la tache. Le tapis est au nettoyage, monsieur. C'est pourquoi le parquet est nu.

Poirot hocha la tête :

— Je comprends. Je vous remercie.

Il glissa un billet craquant dans la main du valet.

— Oh ! merci, monsieur.

— Poirot, demandai-je quand nous nous retrouvâmes dans la rue, cette précision au sujet de l'emplacement du paravent... c'est un bon point pour Rich ?

— C'est au contraire un détail qui l'enfonce davantage, maugréa Poirot, lugubre. Le paravent dissimulait le bahut aux gens qui se trouvaient dans la pièce. Il leur dissimulait aussi la tache sur le tapis. Tôt ou tard, le sang allait forcément suinter par les interstices du bois et venir tacher le tapis. Le paravent en éviterait dans un premier temps la découverte. Oui... mais il y a là quelque chose que je ne comprends pas. Le valet, Hastings, le valet.

— Eh bien quoi, le valet ? Il m'a fait l'effet d'un garçon très intelligent.

— Comme vous dites, très intelligent. Est-il en ce cas crédible que le major Rich ne se soit pas un instant avisé de ce que son valet découvrirait obligatoirement le cadavre le lendemain matin ? Sitôt après son crime, il ne disposait de temps pour rien... d'accord ? Il fourre le cadavre dans le bahut, tire le paravent pour masquer l'ensemble et fait des prières pour que la soirée se passe sans encombre. Mais une fois ses hôtes partis ? Nul doute qu'il n'ait eu là le temps de se débarrasser du corps.

— Peut-être escomptait-il que le valet ne remarquerait pas la tache ?

— Ça, mon bon ami, c'est absurde. Un tapis maculé de sang est bien la première chose que remarque immanquablement un bon domestique. Et cependant que fait le major Rich ? Il se met au lit sans se soucier de rien et ronfle tout son soûl. Voilà qui est très remarquable et fort intéressant.

— Curtiss n'aurait-il pas pu voir les taches quand il changeait les disques ? suggérai-je.

— C'est peu vraisemblable. Le paravent devait projeter là une ombre épaisse. Non, mais je commence à y voir clair. Oui, je commence à y voir clair.

Notre visite suivante fut pour le médecin qui avait examiné le cadavre. Son témoignage se borna à récapituler ce qu'il avait déjà déclaré lors de l'enquête. Le défunt avait été frappé au cœur au moyen d'une lame longue et fine, une sorte de stylet. L'arme était restée dans la plaie. La mort avait été instantanée. Le stylet était la propriété du major Rich et traînait d'habitude sur son bureau. D'après ce qu'avait compris le médecin, il ne portait pas d'empreintes. Il avait été soit tenu avec un mouchoir, soit essuyé après coup. En ce qui concernait l'heure du crime, elle se situait quelque part entre 7 et 9.

— Il n'aurait pas pu, par exemple, être tué après minuit ? s'enquit Poirot.

— Non. Et là, je suis catégorique. Dix heures du soir au grand maximum... mais de 7 heures et demie à 8 heures me semble le plus vraisemblable.

— Il y a bel et bien une seconde hypothèse possible, me confia Poirot quand nous fûmes de retour à la maison. Je me demande, Hastings, si vous l'entrevoyez. Pour moi, c'est une affaire entendue, et il ne me manque qu'un détail pour éclaircir la question pour de bon.

— Grand bien vous fasse, répliquai-je. En ce qui me concerne, je n'entrevois rien du tout.

— Faites donc un effort, Hastings. Rien qu'un petit effort.

— Très bien, capitulai-je. À 8 heures moins vingt, Clayton se porte comme vous et moi. La dernière personne à le voir vivant est le major Rich...

— Du moins le pensons-nous.

— Allons bon ! Ce ne serait pas le cas ?

— Vous oubliez, mon bon ami, que le major Rich l'a toujours nié. Il n'a cessé d'explicitement déclarer que Clayton était parti quand lui-même est rentré.

— Mais le valet affirme qu'il aurait entendu Clayton partir parce que la porte aurait claqué. De plus, si Clayton était parti, quand serait-il revenu ? Il ne pouvait pas revenir après minuit pour l'excellente raison que le médecin affirme qu'il était mort au minimum deux heures avant. Ce qui ne nous laisse qu'une seule éventualité.

— Oui, mon bon ami ? ronronna Poirot.

— À savoir que, pendant les cinq minutes au cours desquelles Clayton est resté seul au salon, quelqu'un d'autre est entré pour le tuer. Mais là, nous nous heurtons à la même objection. Seul le détenteur d'une clef aurait pu s'introduire dans l'appartement sans que le valet le sache et, toujours dans le même ordre d'idées, l'assassin, en sortant, aurait dû lui aussi claquer la porte, ce qu'encore une fois le valet n'aurait pas manqué d'entendre.

— Exactement, approuva Poirot. Et par conséquent...

227

— Et par conséquent... rien, marmonnai-je. Je ne vois aucune autre solution.

— Quel dommage, fit mine de s'apitoyer Poirot. Alors que c'est en réalité si incroyablement simple... aussi merveilleusement limpide que les beaux yeux bleus de cette chère petite Mrs Clayton.

— Vous croyez vraiment que...

— Je ne crois rien tant que je n'ai pas de preuve. Mais la plus infime d'entre elles me convaincra.

Il décrocha le téléphone et appela Japp à Scotland Yard.

Vingt minutes plus tard, nous avions devant nous sur une table un petit tas d'objets divers : le contenu des poches du mort.

Il y avait là un mouchoir, une poignée de menue monnaie, un portefeuille renfermant trois livres et dix shillings ainsi que quelques factures et une photo écornée de Margharita Clayton. Il y avait en outre un canif, un stylo à plume d'or et un encombrant manche de bois à système.

C'est sur ce dernier que fondit Poirot. Il le dévissa et plusieurs lames d'outils en jaillirent.

— Vous voyez, Hastings : une vrille et tout ce que vous voudrez. Ah ! ce ne serait guère l'affaire que de quelques minutes de forer quelques trous dans le bois d'un bahut avec ça.

— Ces trous que nous avons vus ?

— Précisément.

— Vous voulez dire que c'est Clayton qui les a forés lui-même ?

— Mais oui, mon bon ami, mais oui ! Que vous ont-ils suggéré, ces trous ? Ils n'avaient pas été forés pour qu'on puisse *voir* au travers, puisqu'ils étaient situés à l'arrière du bahut. Quelle pouvait donc bien être leur utilité ? Laisser pénétrer de l'air, non ? Mais nul ne se soucierait de procurer de l'air à un cadavre, donc ils n'avaient manifestement *pas* été forés par l'assassin. Ils indiquent une chose, ces trous... et une seule : qu'un homme allait se cacher dans ce bahut. Et aussitôt, à partir de cette hypothèse, tout devient clair et intelligible. Mr Clayton est jaloux des sentiments qui unissent sa femme au major Rich. Il use du stratagème vieux comme le monde qui consiste à se prétendre appelé au loin. Il regarde Rich sortir, obtient d'être introduit, est laissé seul pour rédiger un mot, creuse rapidement ces trous et s'installe en chien de fusil dans le bahut. Sa femme va venir ce soir-là. Peut-être Rich se débarrassera-t-il de ses autres invités, peut-être restera-t-elle après que les autres seront partis, à moins qu'elle ne fasse semblant de partir avec eux pour revenir ensuite. Quoi qu'il puisse se passer, Clayton en aura le cœur net. Tout vaut mieux que les abominables tourments du doute qu'il lui faut endurer.

— Selon vous, Rich l'aurait donc tué *après* le départ des autres ? Mais le médecin a dit et répété que c'était impossible.

— J'entends bien. Aussi a-t-il dû être tué, voyez-vous, Hastings, *au cours* de la soirée.

— Mais tout le monde se trouvait dans la pièce !

— Précisément, martela Poirot d'un ton grave. Vous rendez-vous compte de la beauté de la chose ? « Tout le monde se trouvait dans la pièce. » Quel alibi ! Et, de surcroît, quel sang-froid... quel cran... quelle audace !

— Je persiste à ne pas comprendre.

— Qui s'est rendu derrière ce fameux paravent pour remonter le phonographe et changer les disques ? Phonographe et bahut se trouvaient côte à côte, souvenez-vous-en. Les autres dansent... le phonographe égrène sa musique. Alors l'homme qui ne danse pas soulève le couvercle du bahut et, le stylet qu'il avait glissé dans sa manche, il le plonge dans le cœur du malheureux qui s'était caché là.

— Impossible ! Ce type aurait crié.
— Pas s'il avait été préalablement drogué.
— Drogué ?
— Oui. Avec qui Clayton avait-il pris un verre à 7 heures et demie ? Ah ! Vous commencez à ouvrir les yeux. Curtiss ! C'est Curtiss qui s'est ingénié à instiller dans son esprit le venin du soupçon à l'encontre de Rich et de sa femme. C'est Curtiss qui suggère le plan consistant à feindre de partir pour l'Écosse, à se cacher dans le bahut non sans avoir, au préalable, apporté la touche finale en déplaçant le paravent – et ce non pas tant pour que Clayton puisse soulever un peu le couvercle afin d'éviter les crampes... non, pour que lui, Curtiss, puisse le soulever sans se faire remarquer. Ce plan est l'œuvre de Curtiss, et notez la beauté de la chose, Hastings : si Rich avait remarqué le déplacement du paravent et l'avait repoussé à l'endroit qu'il occupait d'ordinaire... aucun problème. Il en aurait aussitôt échafaudé un autre. Clayton se cache donc dans le bahut, le léger narcotique que Curtiss lui a administré fait lentement son effet. Il sombre dans l'inconscience. Curtiss soulève le couvercle et frappe... tandis que le phonographe continue à jouer *Walking my baby back home*.

Je recouvrai la voix :
— Pourquoi ? Mais pourquoi ?
Poirot haussa les épaules :
— Pourquoi un homme s'est-il tiré une balle dans la tête ? Pourquoi deux Italiens se sont-ils

battus en duel ? Curtiss est de tempérament sombre et passionné. Il voulait Margharita Clayton. Après l'élimination de son mari et la condamnation de Rich pour meurtre, elle se serait – du moins le pensait-il – tournée vers lui. (Il ajouta, rêveur :) Ces petites femmes aux airs de sainte nitouche... ce sont des dangers publics. Mais, Dieu tout-puissant ! ce meurtre, quel sens artistique, quel chef-d'œuvre ! Cela me serre le cœur que d'envoyer à la potence un homme comme celui-là. J'ai beau être un génie moi-même, je n'en demeure pas moins capable de saluer le génie chez les autres. Un crime parfait, mon bon ami. C'est moi, Hercule Poirot, qui vous le dis. Un crime parfait. Épatant !

Traduit de l'anglais par Michel Averlant

Postface

Publié à l'origine dans le Strand Magazine *en janvier 1932, « Le Mystère du bahut de Bagdad » est la version première du « Mystère du bahut espagnol », longue nouvelle incluse dans le recueil* Christmas Pudding *et autres surprises du chef (1960). Laquelle nouvelle, écrite à la troisième personne, est amputée de Hastings dont Poirot regrette néanmoins bruyamment l'absence : « Ah ! les envolées romantiques auxquelles son imagination se serait livrée ! Les inepties qu'il aurait émises ! ».*

Ses débuts, Poirot les avait faits dans La Mystérieuse Affaire de Styles *(1920), écrite par Christie en réponse à un défi posé par sa sœur, à l'époque où elle travaillait comme préparatrice en pharmacie dans un hôpital de Torquay. Quand il mourut, cinquante-cinq ans plus tard, dans* Hercule Poirot quitte la scène *(1975), publié peu de temps avant la propre mort de Christie, un mystère restait inexpliqué : son âge. Bien que le texte original de* Poirot quitte la scène *ait été écrit quelque trente ans plus tôt, les événements subséquents nous obligent à considérer que l'intrigue se situait au début des années 1970, peu après la publication de ce qui devait* être son avant-dernière enquête, Une mémoire d'éléphant *(1972). Dans* Poirot quitte la scène, *notre personnage semble n'avoir pas loin de 90 ans, ce qui reviendrait à dire qu'il en avait une bonne trentaine dans* La Mystérieuse Affaire de Styles. *Or, ce roman se passe en 1917 et on y voit Poirot sous les traits d'un « parfait dandy, qui traînait maintenant la patte... Doué d'un flair prodigieux, il s'était illustré en élucidant les affaires les plus mystérieuses de son époque ». Qui plus est, dans la première nouvelle où apparaît Poirot, « L'Affaire du bal de la Victoire », regroupée avec d'autres dans le recueil* Le Bal de la Victoire *(1974), il y est décrit comme ayant précédemment été « chef de la Sûreté belge ». Compte tenu de sa « patte folle », il est possible que Poirot ait pris sa retraite pour raisons de santé, encore que cette légère infirmité ne l'ait guère handicapé au cours des nombreuses affaires qui restaient à venir. Cependant, dans* Styles, *l'inspecteur James Japp, qui apparaît dans nombre de romans ultérieurs, se souvenait d'avoir travaillé avec Poirot en 1904 – « l'affaire des faux d'Abercrombie » – date à laquelle, si ce dernier avait moins de 90 ans au moment de* Poirot quitte la scène, *il n'aurait guère pu être qu'un gamin !*

En septembre 1975 et dans un article saluant la publication de Poirot quitte la scène, *l'écrivain et critique H.R.F. Keating suggéra une solution envisageable : Poirot, à sa mort, avait en fait 117 ans. Et Keating de poursuivre en laissant entendre qu'il pourrait bien y avoir d'autres squelettes dans le placard du détective !*

Sans doute conviendrait-il de laisser le dernier mot à la créatrice de Poirot qui, au cours d'une interview en 1948, commenta prématurément : « Il a vécu si longtemps ! J'aurais vraiment dû me débarrasser de lui. Mais je n'ai jamais eu l'occasion de le faire. Mes admirateurs ne me l'auraient pas permis. » Cela se passait quelques années seulement après que *Poirot quitte la scène* eut été écrit, mais pas loin de trente ans avant qu'il ne soit publié.

TANT QUE BRILLERA LE JOUR

(*While the Light Lasts*)

La Ford cahotait d'ornière en ornière, et le soleil d'Afrique écrasait impitoyablement tout sous sa chaleur de plomb. De part et d'autre de la prétendue route s'étirait un fouillis d'arbres et de végétation rabougrie que rien ne venait interrompre et dont les ondulations molles, d'un vert éteint nuancé de jaune, se poursuivaient inlassablement aussi loin que portait le regard, contribuant ainsi à l'impression d'étrange torpeur et d'immobilité de toute la nature. Peu d'oiseaux se risquaient à troubler le silence de ce monde assoupi. Un serpent avait à un moment donné traversé la piste en ondulant quasiment sous les roues de la voiture, échappant aux velléités d'extermination du chauffeur avec une sinueuse aisance. Un peu plus tard, un indigène était sorti de la brousse, infiniment digne et droit comme un i, escorté d'une femme portant un enfant étroitement arrimé sur son large dos et, en un somptueux équilibre sur sa tête, tous les biens matériels du ménage, jusques et y compris la poêle à frire.

Tout cela, George Crozier n'avait pas manqué de le signaler à sa femme, laquelle lui avait chaque fois répondu par monosyllabes avec un désintérêt et une absence d'attention qui l'avaient irrité.

« Toujours en train de penser à ce type », en avait-il déduit, furieux. C'était en ces termes qu'il avait l'habitude de faire à part lui allusion au premier mari de Deirdre Crozier, tué dès la première année de la Grande Guerre. Tué, qui plus est, au cours de la campagne contre les Allemands qui occupaient alors le Sud-Ouest africain. Bah ! c'était sans doute naturel qu'elle le fasse... Il lui jeta un regard à la dérobée, contempla sa blondeur, la douceur de sa joue, sa blancheur délicatement relevée de rose, s'attarda sur les rondeurs de sa silhouette... nettement plus rondes, à n'en pas douter, qu'elles ne l'avaient été en ces temps lointains où elle l'avait passivement autorisé à déclarer leurs fiançailles avant, dans l'effervescence et les premiers émois des hostilités, de brusquement l'envoyer sur les roses pour faire un mariage de guerre avec ce beau gosse mince et bronzé de Tim Nugent dont elle venait de se toquer.

Enfin, bref, le gaillard était mort – valeureusement mort au champ d'honneur – et lui, George Crozier, avait fini par se marier avec la fille qu'il avait toujours voulu épouser. Elle l'aimait d'ailleurs bien, elle aussi ; comment en aurait-il d'ailleurs pu aller autrement alors qu'il était prêt à satisfaire ses moindres désirs et qu'il possédait, ce qui ne gâte rien, la fortune pour le faire. Il repensa non sans complaisance au dernier cadeau qu'il lui avait offert, à Kimberley, où, grâce à son amitié avec quelques-uns des directeurs de la De Beers, il avait été à même d'acheter un diamant qui, sans cela, ne se serait pas trouvé sur le marché, une pierre non pas tant remarquable par sa taille que par sa couleur, rare et exquise : un ambre profond, presque vieil or, un diamant comme on n'en trouve pas un par siècle. Et la lueur dans ses yeux quand il le lui avait donné ! Les femmes sont toutes les mêmes, dès lors qu'il s'agit de diamants.

L'obligation de se cramponner à deux mains pour éviter d'être éjecté ramena George Crozier à l'immédiate réalité.

— Bon Dieu, quelle guimbarde ! Et quelle route ! vociféra-t-il pour la vingt-cinquième fois sans doute, dans un élan de fureur pardonnable chez un homme qui possédait deux Rolls-Royce et avait pour habitude de faire courir son écurie sur les grands axes routiers du monde civilisé.

» Et où diable perche cette fichue plantation de tabac, d'ailleurs ? poursuivit-il, rageur. Ça fait plus d'une heure que nous avons quitté Bulawayo.

— Quelque part au fin fond de la Rhodésie, fit Deirdre d'un ton léger, entre deux bonds involontaires dans les airs.

Mais le chauffeur couleur café, sommé de fournir le renseignement, divulgua la réconfortante nouvelle selon laquelle ils atteindraient leur destination sitôt négocié le prochain virage de la piste.

L'administrateur de la plantation, Mr Walters, les attendait sous la véranda et les accueillit avec toutes les marques de déférence qu'imposait le rôle éminent de George Crozier au sein de l'Union Tobacco. Il leur présenta sa bru qui, à travers le hall sombre et frais, pilota Deirdre jusqu'à une chambre où elle pourrait ôter le voile avec lequel elle prenait toujours soin de se protéger le teint lorsqu'elle montait en voiture. Et, tandis qu'elle défaisait ses épingles avec sa grâce habituelle et en prenant son temps, ses yeux mesurèrent la laideur de cette pièce nue blanchie à la chaux. Pas trace ici de luxe, et Deirdre, qui aimait le confort comme les chats aiment la crème, frissonna un peu. Au mur, un texte l'agressa. « Que sert de conquérir le monde si c'est pour y perdre son âme ? » apostrophait ainsi tout un chacun, mais Deirdre, plaisamment consciente de ce que la question ne la concernait en rien, pivota sur ses talons pour rebrousser chemin à la suite de son guide timide et peu porté sur la conversation. Elle nota chez la jeune femme, mais sans malice aucune, le pesant épanouissement des hanches et la robe de cotonnade bon marché qui ne l'avantageait pas. Et, avec une lueur de satisfaction tranquille au fond des yeux, elle vérifia la divine tout autant que coûteuse simplicité de son petit ensemble de lin blanc acheté à Paris. Les beaux vêtements, surtout quand c'était elle qui les portait, éveillaient toujours en elle la joie de l'artiste.

Les deux hommes l'attendaient :

— Cela ne vous ennuiera pas de faire le tour de l'établissement avec nous, Mrs Crozier ?

— Pas du tout. Je n'ai jamais visité de manufacture de tabac.

Ils sortirent cheminer dans la torpeur de l'après-midi rhodésien.

— Ici, vous avez les semis ; nous repiquons les jeunes plants à la demande et en fonction des besoins. Ce que vous voyez là...

La voix de l'administrateur s'écoulait dans un bourdonnement monotone que seul venait interrompre le staccato tranchant des questions de son mari : rendement, fiscalité locale, problèmes liés au travail des gens de couleur. Elle cessa d'écouter.

C'était ça, la Rhodésie, c'était ça le pays que Tim avait adoré et où ils devaient tous deux venir vivre ensemble une fois que la guerre serait finie. S'il ne s'était pas fait tuer ! Comme toujours, révolte et rancœur la submergèrent à cette pensée. Deux pauvres petits mois... c'était tout ce à quoi ils avaient eu droit. Deux mois de bonheur... si tant est que ces souffrances et cette ivresse mêlées soient le bonheur. L'amour était-il toujours synonyme de bonheur ? Mille et un tourments ne torturaient-ils pas sans cesse un cœur amoureux ? Elle avait certes vécu intensément au cours de cette brève période, mais y avait-elle un seul instant goûté à la sérénité, à la douceur de se laisser vivre, à la tranquille satisfaction de son sort que lui offrait son existence présente ? Et, pour la première fois, elle en vint à admettre – oh ! bien sûr, tout en s'en défendant – que tout avait peut-être été pour le mieux.

« Je n'aurais pas aimé vivre ici. Je n'aurais sans doute pas été capable de rendre Tim heureux. J'aurais pu le décevoir. George est fou de moi, et je l'aime beaucoup, et il se montre très, très généreux avec moi. C'est bien simple, il suffit de regarder ce diamant qu'il m'a encore offert l'autre jour. » Et, rien qu'à y songer, elle sentit ses paupières s'abaisser un peu sous le seul effet du plaisir.

— C'est ici que nous procédons à l'enfilage.

Walters les précédait dans un long hangar bas. D'énormes tas de feuilles vertes jonchaient le sol et des « boys » noirs vêtus de blanc, accroupis tout autour, les saisissaient et les rejetaient d'une main preste, les assortissaient par tailles et les enfilaient en « guirlandes » au moyen d'aiguilles primitives sur de grandes longueurs de corde. Ils travaillaient avec une joyeuse indolence, plaisantant entre eux et exhibant à chaque éclat de rire toute la blancheur de leurs dents.

— Maintenant, ici dehors...

Ils quittèrent le hangar pour se retrouver en plein air, où les cordées de feuilles étaient suspendues pour sécher au soleil. Deirdre renifla délicatement pour en humer la douce fragrance, quasi imperceptible.

Walters les fit entrer dans une succession d'autres hangars où le tabac, décoloré, jauni par son exposition au soleil, subissait les divers stades de traitement ultérieurs. Il faisait sombre, ici, au fur et à mesure qu'on s'avançait, avec au-dessus des têtes ces masses brunâtres frémissant dans les courants d'air et apparemment prêtes à tomber en poussière pour peu qu'on les manipule avec brusquerie. L'odeur aussi était plus forte, presque suffocante semblait-il à Deirdre, et brusquement une sorte de terreur l'envahit, une peur d'elle ne savait quoi mais qui la fit se précipiter hors de cette pénombre irrespirable et menaçante pour retrouver la lumière du jour. Crozier nota sa pâleur :

— Qu'y a-t-il, ma chère ? Vous ne vous sentez pas bien ? Le soleil, sans doute. Mieux vaudrait pour vous ne pas nous suivre dans l'inspection des plantations, non ?

Walters s'empressa. Mrs Crozier ferait mieux de regagner la maison pour y prendre un peu de repos. Il héla un individu qui se trouvait à quelque distance et fit les présentations :

— Mr Arden... Mrs Crozier. Mrs Crozier est un peu incommodée par la chaleur, Arden. Raccompagnez-la jusqu'à la maison, voulez-vous ?

La sensation d'étourdissement était en train de s'estomper. Deirdre marchait au côté d'Arden. Elle lui avait jusque-là à peine accordé un regard.

— Deirdre !

Son cœur bondit dans sa poitrine, puis s'arrêta de battre. Un seul être au monde avait jamais prononcé son nom comme ça, avec cette légère inflexion sur la première syllabe qui en faisait une caresse.

Elle tourna la tête pour mieux dévisager l'homme qui était à côté d'elle. Il était boucané par le soleil au point d'en paraître presque noir, il claudiquait et, sur la joue qu'elle pouvait voir, une longue cicatrice en estafilade modifiait son expression, mais elle le reconnaissait :

— Tim !

Pendant une éternité, leur sembla-t-il, ils se dévorèrent des yeux, muets et tremblants, et puis, sans savoir ni pourquoi ni comment, se retrouvèrent dans les bras l'un de l'autre. Le temps, pour eux, avait fait machine arrière. Puis ils desserrèrent leur étreinte et Deirdre, consciente en la posant de la bêtise sans nom de sa question, articula :

— Alors, tu n'es pas mort ?

— Non, ils ont dû prendre le cadavre d'un autre gus pour le mien. J'avais été salement touché à la tête, mais j'étais revenu à moi et j'avais réussi à ramper jusque dans la brousse. Après ça, je ne sais pas ce qui s'est passé pendant des mois et des mois, si ce n'est qu'une tribu amie m'a soigné, que j'ai fini par recouvrer mes esprits et que je me suis débrouillé pour regagner la civilisation. (Il marqua un temps :) Et là j'ai découvert que tu étais remariée depuis six mois.

— Oh ! Tim, essaie de comprendre, je t'en prie, essaie de comprendre ! sanglota-t-elle. C'était tellement horrible, cette solitude... et cette pauvreté. Ça m'avait été égal d'être pauvre avec toi, mais quand je me suis retrouvée toute seule, je n'ai pas eu le courage d'affronter tout ce que cela peut avoir de sordide.

— Mais bien sûr, Deirdre. Je l'ai compris. Je sais que tu as toujours eu du goût pour la grande vie. Je t'en avais déjà arraché une fois... mais la seconde... comment dire ?... mes nerfs ont lâché. J'étais très salement amoché, tu vois, je pouvais à peine faire un pas sans mes béquilles, et puis il y avait cette cicatrice.

Elle l'interrompit avec transport :

— Tu crois que je me serais souciée de ça ?

— Non, je sais que ça ne t'aurait pas arrêtée. Je me suis conduit comme un imbécile. Mais il y a des femmes que ça aurait rendu malades, tu sais. Je me suis mis en tête de m'arranger pour t'épier. Si tu m'avais l'air heureuse, si je parvenais à la conclusion que tu étais satisfaite de ton sort avec Crozier... eh bien, je resterais mort. Et je t'ai vue. Tu montais dans une grosse voiture. Tu étais enveloppée de zibeline... un truc que je n'aurais jamais été capable de t'offrir même si j'avais travaillé à m'en user les doigts jusqu'à l'os... et... bref... tu semblais passablement rayonnante. Et moi, je n'avais plus la force ni le courage, la foi en moi qui m'habitait avant la guerre. Tout ce que j'étais capable de voir, c'était ma gueule cassée, mon inutilité, mon incapacité à gagner de quoi te faire vivre... tandis que toi tu paraissais si belle, Deirdre, tu avais l'air d'une reine au milieu de ses sujets, tu semblais tellement mériter les fourrures, les bijoux, les robes de grands couturiers et tout le luxe que Crozier pouvait mettre à tes pieds. Ça... et puis... oui, la souffrance... de vous voir ensemble, cela m'a décidé. Tout le monde me croyait mort. Eh bien, je le resterais.

— La souffrance ! répéta Deirdre à voix basse.

— Oui, bon Dieu, Deirdre, ça m'a fait mal !

Ce n'est pas que je t'en blâme. Je ne te reproche rien. Mais ça m'a fait mal.

Ils demeurèrent tous deux silencieux un moment. Puis Tim lui attira le visage jusqu'au sien et le couvrit de baisers avec une tendresse nouvelle :

— Mais tout cela est maintenant du passé, ma chérie. La seule chose qu'il nous faille décider, c'est comment nous allons annoncer ça à Crozier.

— Oh !

Elle s'était brusquement écartée :

— Je n'avais pas pensé...

L'apparition de Crozier et de l'administrateur au détour du chemin la fit s'interrompre. Tournant rapidement la tête, elle chuchota :

— Ne fais rien dans l'immédiat. Je m'en charge. Il faut que je le prépare. Où puis-je te retrouver demain ?

Nugent réfléchit, puis :

— Je pourrai faire un saut jusqu'à Bulawayo. Qu'est-ce que tu dis du *Café*, à côté de la Standard Bank ? À 3 heures de l'après-midi, il ne devrait pas y avoir un chat.

Deirdre fit un bref signe d'assentiment avant de lui tourner le dos pour rejoindre les deux autres. Tim Nugent, le front plissé, la regarda s'éloigner. Quelque chose, dans son comportement, le perturbait.

Deirdre se montra très silencieuse durant le trajet de retour. Abritée derrière la fiction d'une légère insolation, elle réfléchit à la ligne de conduite à adopter. Comment devrait-elle le lui dire ? Comment allait-il le prendre ? Une étrange lassitude semblait s'emparer d'elle, ainsi qu'un désir croissant de remettre la révélation à plus tard autant que faire se pourrait.

Demain serait bien suffisant. Ce n'était pas le temps qui manquerait avant 3 heures de l'après-midi.

L'hôtel était inconfortable. Leur chambre se trouvait au rez-de-chaussée et donnait sur une cour intérieure. Deirdre passa la soirée à renifler l'air confiné et à contempler avec écœurement le mobilier au mauvais goût criard. Ses pensées s'en furent un temps vagabonder du côté de Monkton Court, leur manoir où il faisait si bon vivre, niché au cœur des pinèdes du Surrey. Quand enfin sa femme de chambre se retira, elle alla lentement jusqu'à son coffret à bijoux. Dans la paume de sa main, le diamant d'or lui retourna l'éclat de son regard.

D'un geste presque violent, elle le remit dans le coffret dont elle rabattit bruyamment le couvercle. Demain matin, elle parlerait à George.

Elle dormit mal. On étouffait, sous les plis épais de la moustiquaire. La pénombre bruissante était ponctuée par l'obsédant *plop* qu'elle avait appris à redouter. Elle se réveilla apathique et blafarde. Impossible de faire une scène si tôt le matin !

Elle resta cloîtrée toute la matinée à se reposer dans la petite chambre hermétiquement close. Et l'heure de déjeuner lui tomba dessus avec une sensation de cataclysme. Comme ils étaient restés à table pour prendre le café, George Crozier lui proposa un tour en voiture jusqu'au Matobo :

— Nous avons largement le temps si nous partons tout de suite.

Deirdre secoua la tête en invoquant la migraine et se dit en elle-même : « Ça règle la question. Je ne peux pas précipiter les choses. Après tout, qu'importe un jour de plus ou de moins ? Je l'expliquerai à Tim. »

Elle fit adieu de la main à Crozier tandis qu'il s'éloignait en pétaradant à bord de la vieille Ford déglinguée. Puis, après un coup d'œil à sa montre, elle se rendit lentement à pied à l'endroit fixé pour le rendez-vous.

Le *Café* était désert en ce début d'après-midi. Ils s'assirent à une petite table et commandèrent l'inévitable thé que les Africains du Sud boivent à toute heure du jour et de la nuit. Ni l'un ni l'autre ne dirent un mot avant que la serveuse ne se retire dans son repaire derrière des rideaux roses. Ce n'est qu'alors que Deirdre leva la tête et sursauta en mesurant l'intensité avec laquelle il la sondait du regard.

— Deirdre, est-ce que tu le lui as dit ?

Elle secoua la tête et, s'humectant les lèvres, chercha des mots qui se refusaient à venir.

— Pourquoi ?

— Ça ne s'est pas trouvé. Le temps m'a manqué.

Même pour elle, les mots avaient sonné faux.

— Ce n'est pas ça. Il y a autre chose. Le doute m'a effleuré, hier. Aujourd'hui, j'en suis sûr. Deirdre, de quoi s'agit-il ?

Elle secoua la tête en silence.

— Il y a une raison pour que tu ne veuilles pas quitter Crozier, pour que tu ne veuilles pas me revenir. Quelle est-elle ?

C'était exact. À l'entendre le formuler ainsi, elle le comprit, le comprit et en éprouva une honte dévastatrice mais sans non plus que le doute soit permis. Et cependant les yeux de Tim continuaient de la sonder jusqu'au tréfonds :

— Ce n'est pas que tu l'aimes ! Tu n'éprouves rien pour lui. Mais il y a néanmoins quelque chose.

« Encore deux secondes et il va le découvrir !

se dit-elle. Oh ! mon Dieu, ne le laissez pas faire ! »

Brusquement, il blêmit :

— Deirdre... est-ce parce que... est-ce parce que tu attends un... un enfant ?

En un éclair, elle entrevit la chance qu'il venait de lui offrir. Quelle merveilleuse porte de sortie ! Lentement, presque sans même consciemment le vouloir, elle courba la tête.

Elle entendit sa respiration soudain oppressée, puis sa voix, haussée d'un ton et tendue à craquer :

— Voilà qui... qui change la face des choses. Je ne pouvais pas le savoir. Il va falloir que nous trouvions une issue bien différente.

Il se pencha en travers de la table et lui enserra les deux mains dans la sienne :

— Deirdre, ma chérie, ne va jamais penser... ne va jamais imaginer que tu puisses être en quelque façon que ce soit à blâmer. Quoi qu'il puisse arriver, souviens-t'en. J'aurais dû revendiquer mes droits sur toi quand je suis retourné en Angleterre. Mais je me suis dégonflé, aussi est-ce à moi de faire maintenant ce que je pourrai pour que les choses rentrent dans l'ordre. Tu comprends ? Quoi qu'il arrive, ne te ronge pas les sangs, ma chérie. Rien n'a été de ta faute.

Il lui leva une main, puis l'autre, jusqu'à ses lèvres. Ensuite de quoi elle se retrouva seule, les yeux rivés sur la tasse de thé à laquelle elle n'avait pas touché. Et, bizarrement, elle n'y voyait qu'une chose : un texte en lettres lumineuses et clinquantes accroché à un mur blanchi à la chaux. Les mots semblaient jaillir du cadre comme pour mieux se jeter à sa tête en vociférant. « Que sert de conquérir le monde... » Elle se leva, paya le thé et s'en fut.

À son retour, George Crozier se vit accueillir

par une sommation : sa femme ne devait être dérangée sous aucun prétexte. Sa migraine, expliqua sa femme de chambre, avait redoublé.

Il était 9 heures le lendemain matin quand, le visage plutôt grave, il entra dans sa chambre. Deirdre était assise dans son lit. Elle était blanche comme un linge et paraissait décomposée, mais ses yeux brillaient comme jamais :

— George, j'ai quelque chose à vous annoncer, quelque chose d'assez dramatique...

Il l'interrompit avec brusquerie :

— Alors vous avez entendu la nouvelle. J'avais peur qu'elle vous cause un choc.

— Qu'elle me cause un *choc*, à moi ?

— Oui. Après tout, vous lui aviez parlé, l'autre jour, à ce pauvre garçon.

Il la vit porter la main à son cœur, battre soudain des paupières, puis elle lui lança d'une voix rauque, pressante et qui, sans qu'il sache trop pourquoi, l'épouvanta :

— Je n'ai rien entendu. Dites-moi de quoi il s'agit ! Vite !

— J'estimais qu'il valait mieux...

— Dites-le-moi !

— Là-bas, sur cette plantation de tabac... Ce type s'est tiré une balle dans la tête. Il avait été salement amoché à la guerre, il devait avoir les nerfs en capilotade, j'imagine. Il n'y a pas d'autre raison pour expliquer qu'il ait fait ça.

— Il s'est tué... dans ce hangar sombre où était suspendu le tabac...

Elle en parlait comme d'un fait avéré, comme si, avec son regard de somnambule, elle voyait là devant elle, au cœur de cette pénombre à l'odeur suffocante, son cadavre étendu, revolver encore à la main.

— Eh oui, c'est bien ça. C'est là où vous vous

étiez sentie mal, avant-hier. C'est quand même bizarre, ces trucs-là.

Deirdre ne répliqua pas. Elle voyait une autre image... une table, avec tout ce qu'il fallait pour prendre le thé, et une femme courbant la tête comme pour mieux confirmer un mensonge.

— Que voulez-vous ! Ce n'est pas pour dire, mais cette guerre a été cause de bien des maux, énonça doctement Crozier en attrapant son briquet et en allumant sa pipe à petites bouffées précautionneuses.

Le hurlement de sa femme le fit sursauter :

— Oh ! arrêtez, arrêtez ! Je ne peux pas supporter cette odeur !

Il la couva d'un regard benoîtement étonné :

— Ma chère petite, ne vous montrez pas hystérique. Après tout, vous ne pourrez jamais échapper à l'odeur du tabac. Vous la rencontrerez partout.

— Oui, c'est vrai, partout !

Ses lèvres s'étirèrent en un lent sourire tordu par la douleur, et elle murmura des mots qu'il ne saisit pas – les mots qu'elle avait autrefois choisis pour la notice nécrologique de Tim Nugent : « Tant que brillera le jour, je me souviendrai, et au plus noir de la nuit, je n'oublierai pas. »

Ses yeux s'écarquillèrent à suivre l'ascension de la spirale de fumée et elle répéta d'une voix basse et monocorde :

— Partout, partout...

Traduit de l'anglais par Michel Averlant

Postface

« *Tant que brillera le jour* » *a paru pour la première fois dans le* Novel Magazine *en avril 1924. Pour les familiers des œuvres de lord Alfred Tennyson, la véritable identité d'Arden n'aura rien eu de surprenant.*

Tennyson comptait, au même titre que Yeats et T.S. Eliot, parmi les poètes préférés de Christie, et son Enoch Arden *a également inspiré l'excellent Poirot qu'est* Le Flux et le Reflux *(1948). L'intrigue de « Tant que brillera le jour » a été plus tard utilisée avec bonheur pour une partie de* Musique barbare *(1930), premier des six romans qu'elle écrivit sous le pseudonyme de Mary Westmacott. Bien que beaucoup jugent les Westmacott de moindre intérêt que la plupart des œuvres de fiction policière de l'auteur, on s'accorde généralement à considérer qu'ils apportent une manière de commentaire sur certains des événements de l'existence de Christie elle-même, ce qui tendrait à en faire une sorte d'autobiographie parallèle. Quoi qu'il en soit, ils fournirent à Christie un important moyen d'échapper au monde du roman policier, au grand dam de ses éditeurs qui voyaient naturellement d'un assez mauvais œil tout ce qui pouvait la distraire de l'activité consistant à écrire des histoires policières. Le plus intéressant des six est le bien nommé* Portrait inachevé *(1934), dans lequel le second mari de Christie, l'archéologue Max Mallowan, voyait « un mélange de personnages et d'événements réels et imaginaires... plus proche que partout ailleurs d'un portrait d'Agatha ».*

Quant à elle, son préféré était le troisième Westmacott, Loin de vous ce printemps *(1944), qu'elle décrivit dans son* Autobiographie *comme « le seul de mes ouvrages qui m'ait entièrement satisfaite... J'ai écrit ce roman en trois jours tout ronds ». Et d'ajouter : « Je l'ai fait avec honnêteté, avec sincérité, exactement comme je voulais qu'il soit. C'est la plus grande joie et la plus grande fierté qu'un auteur puisse éprouver. »*

TABLE

1 — La Maison des rêves.................................... 9
2 — La Comédienne....................................... 37
3 — Le Point de non-retour 53
4 — Une Aventure de Noël 83
5 — Le Dieu solitaire 111
6 — L'Or de Man.. 137
7 — En dedans d'une muraille................... 175
8 — Le Mystère du bahut de Bagdad 207
9 — Tant que brillera le jour 235

L'Agatha Christie Society

Face à l'afflux de questions et d'interrogations émanant des plus fidèles d'entre les fans d'Agatha Christie, la création d'une *Agatha Christie Society* a été décidée afin d'ouvrir des voies de communication entre les fans précités et les médias variés qui s'efforcent de mettre ses œuvres, sous leurs formes les plus diverses, à la disposition du public.

Si vous souhaitez devenir membre de cette association, prière d'écrire à :
Agatha Christie Society
PO Box 985, Londres SWIX 9XA

Composition réalisée par NORD COMPO

IMPRIMÉ EN FRANCE PAR BRODARD ET TAUPIN
La Flèche (Sarthe).
Imp. : 22670 – Edit. : 43584 - 02/2004
ISBN : 2 - 7024 - 3041 - 4
Édition : 02